JN055019

Les Presque Sœurs

Cloé Korman

姉妹のように

クロエ・コルマン

岩津 航［訳］

早川書房

姉妹のように

日本語版翻訳権独占
早　川　書　房

© 2024 Hayakawa Publishing, Inc.

LES PRESQUE SŒURS
by
Cloé Korman
Copyright © 2022 by
Éditions du Seuil
Translated by
Ko Iwatsu
First published 2024 in Japan by
Hayakawa Publishing, Inc.
This book is published in Japan by
arrangement with
Éditions du Seuil
through Bureau des Copyrights Français, Tokyo.

装幀／大久保伸子
写真／ Getty Images

ミレイユ、ジャクリーヌ、アンリエット・コルマンを偲《しの》んで。
妹のエステルに。

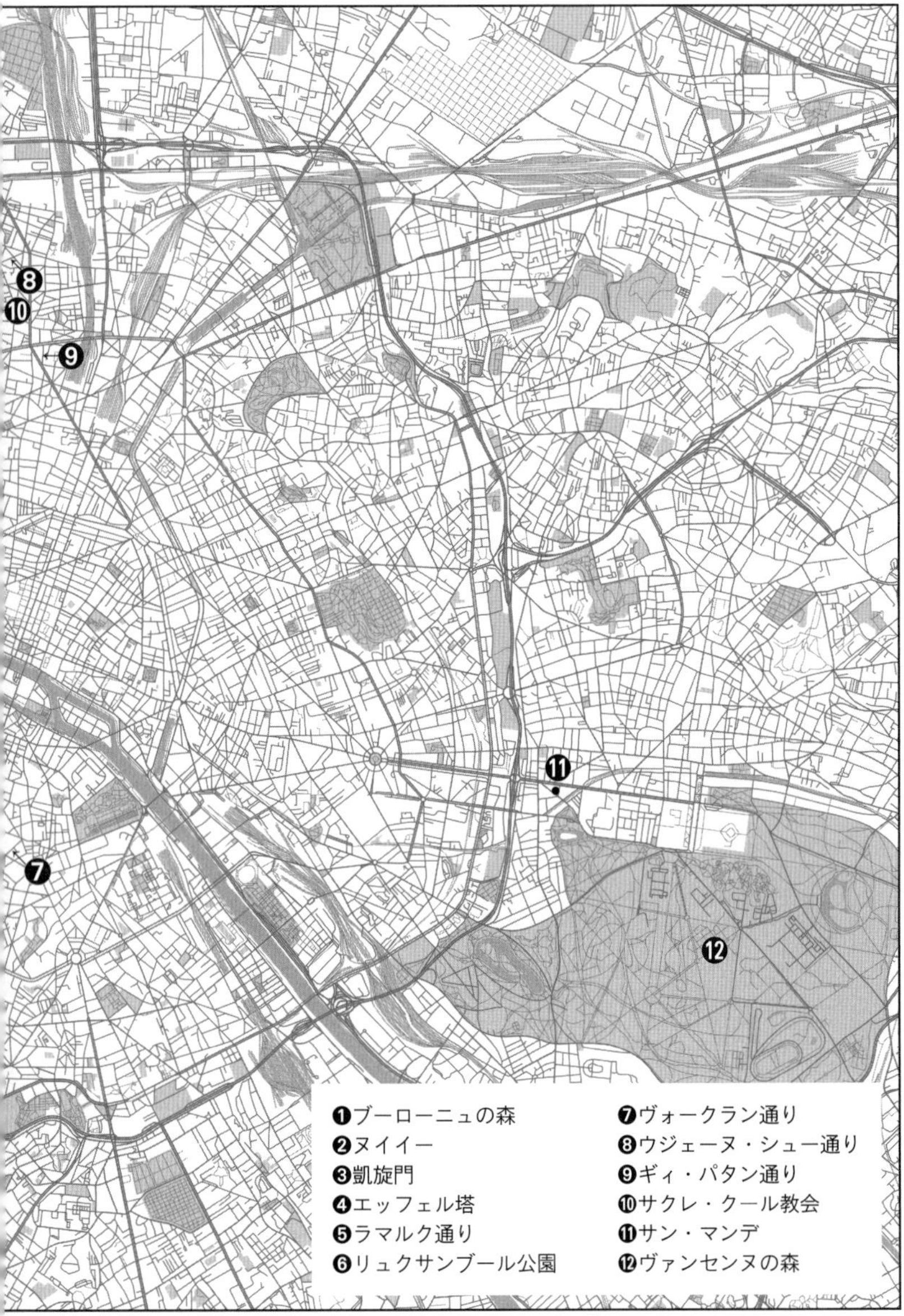

❽
❿
❾
❼
⓫
⓬
❶ブーローニュの森
❷ヌイイー
❸凱旋門
❹エッフェル塔
❺ラマルク通り
❻リュクサンブール公園
❼ヴォークラン通り
❽ウジェーヌ・シュー通り
❾ギィ・パタン通り
❿サクレ・クール教会
⓫サン・マンデ
⓬ヴァンセンヌの森

パリ市内の地図

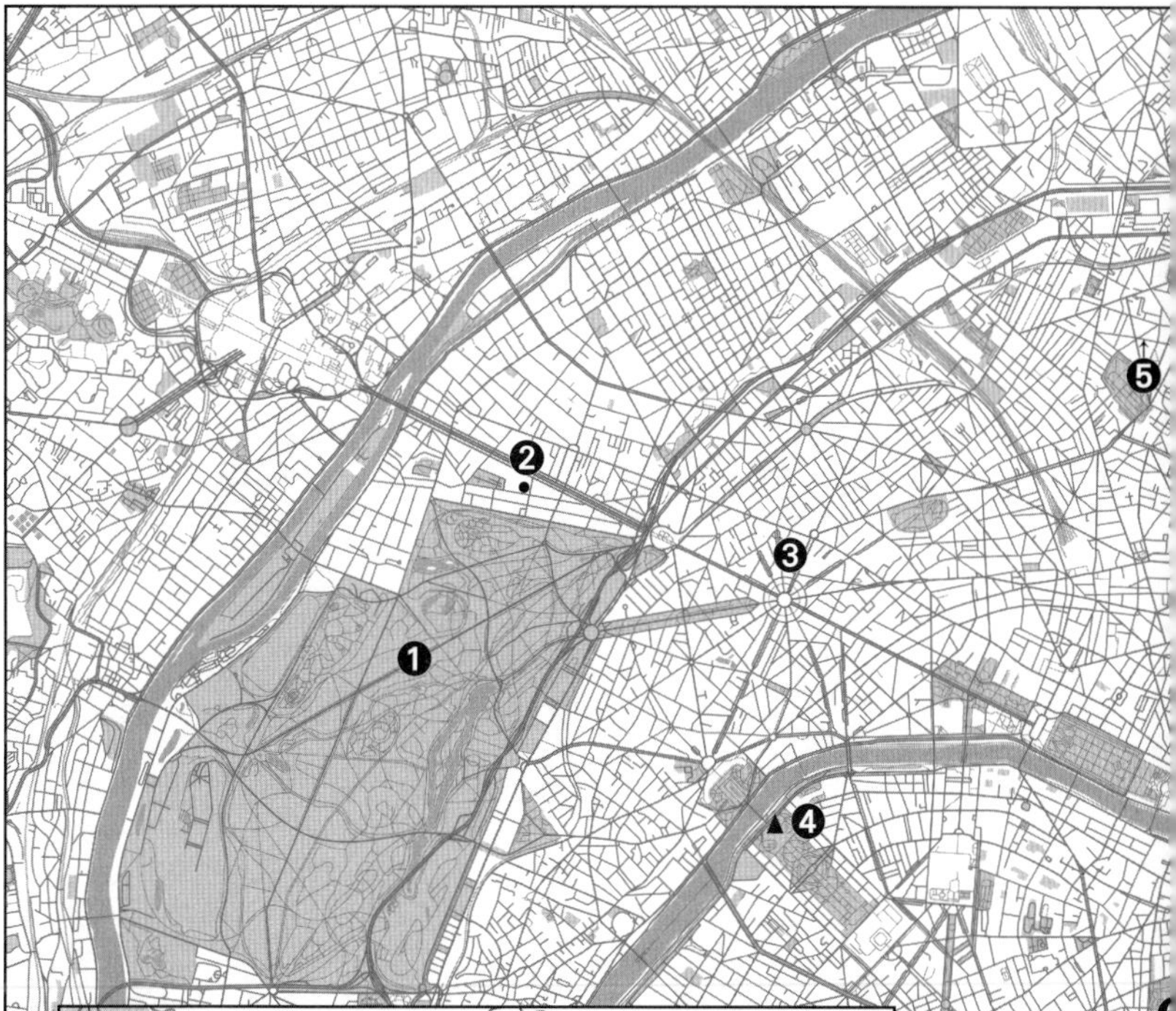
❶
❷
❸
❹
❺

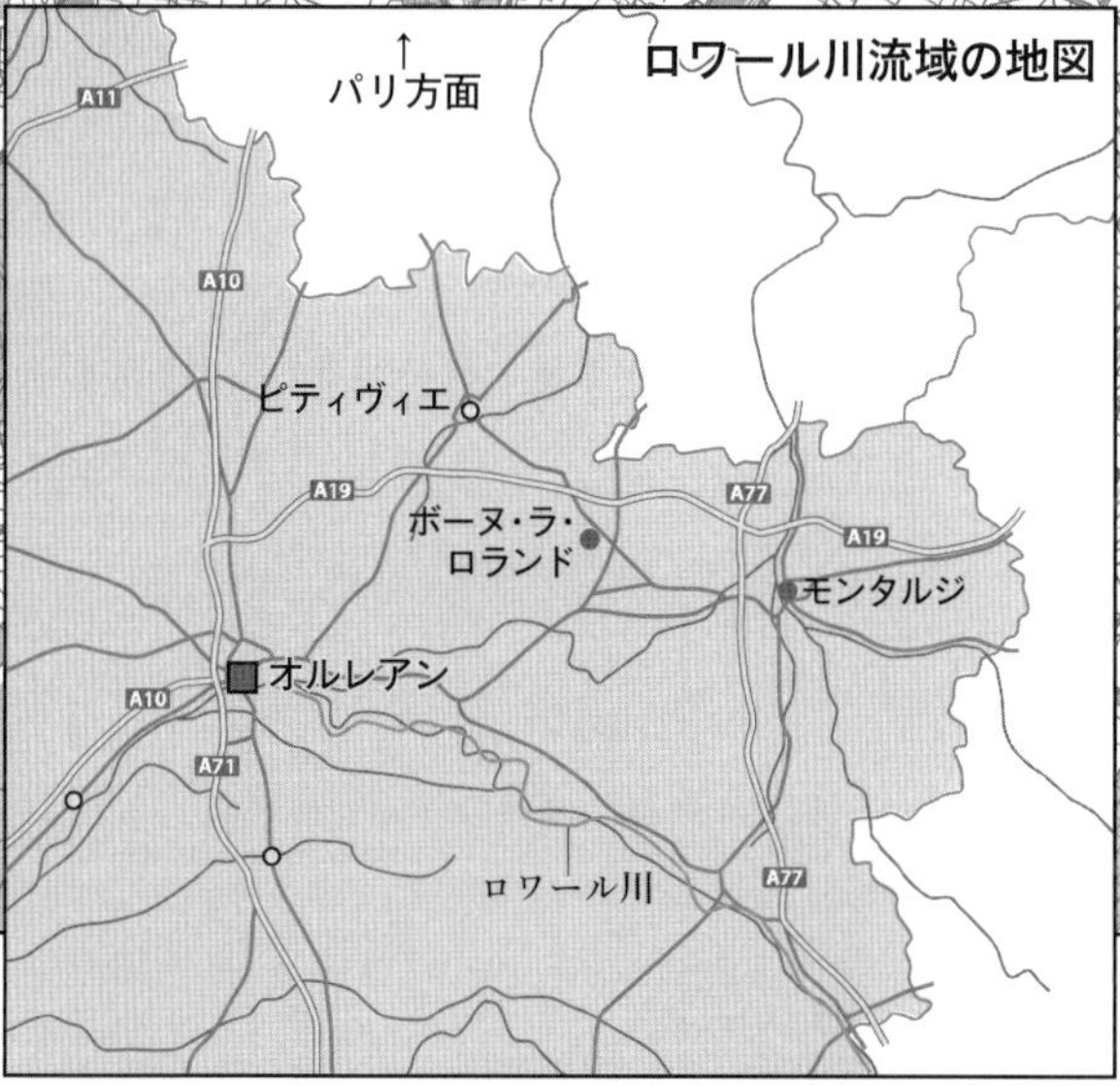
ロワール川流域の地図
↑
パリ方面
A11
A10
ピティヴィエ
A19
A77
ボーヌ・ラ・
ロランド
モンタルジ
オルレアン
A10
A71
ロワール川
A77

コルマン家（ピョトルクフ出身）

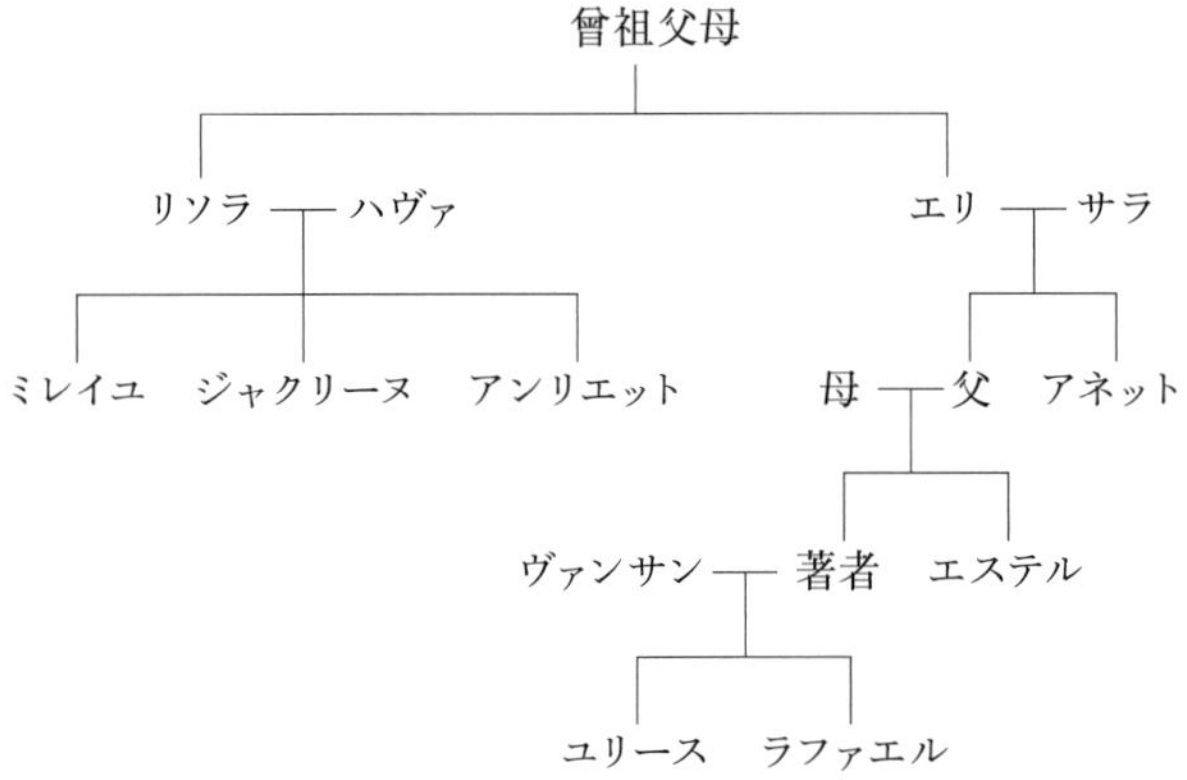

カミンスキ家（ワルシャワ出身）

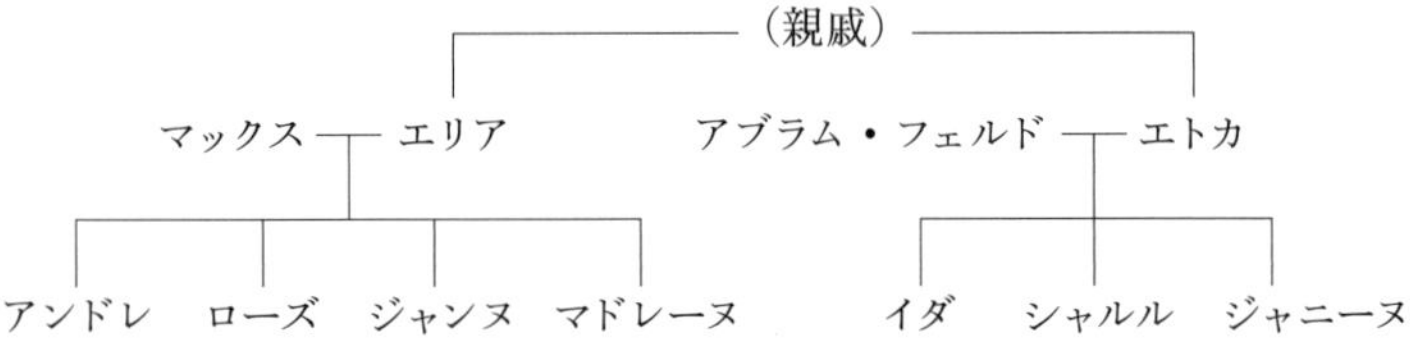

モンタルジ

森のように、そこから抜け出すことが目的であるような物語がある。島や、別の場所へたどり着くのに役立つような物語もある。船であれ、森であれ、そうした物語は同じ木材から作られている。

これから始まる物語がどういう種類のものか、わたしにはわからない。

ある日、わたしの妹は、彼女が暮らすパリの通りの向かい側にある集合住宅の入口の呼び鈴を鳴らした。女性の声が答えた。妹がインターホンに向かって自分の名前を告げると、女性はそれ以上は何も訊かず、「上がってきて」と言った。

建物へは金属製の扉を開けて入る。扉の上には、羽が生えて髭をたくわえた顔が彫りつけられている。住所は人名録に掲載されていた。妹は住所を探し出すのはきっと難しいだろうと覚悟していたが、難しいことなど何一つなかったのだ。

妹は何度もそこへ行った。三人の少女たちについて、知り得ることすべてを知りたかった。そして、女性の方も、少女たちと知り合ったのはずっと以前のことだったにもかかわらず、三人について話すことに同意してくれた。

それ以前は、わたしたちが知っていることはごくわずかだった。ただ、結末だけを知っていた。しかし、自宅から数メートルの、同じ通りにあるその建物を訪ねることで、妹はわたしたちの家族が持っていたほんのわずかな写真や手紙といった遺品を、互いに関係づけられるようになった。それから、あとになって妹が見つけた出生証明書や、彼女たちが転々とした収容所の記録の意味も明らかになった。それらすべてを妹が集めて一つの物語に書き上げ、それをわたしに託したのだ。

物語は、まだ記憶も残らない年齢、つまりその女性がまだ赤ん坊で、揺りかごに眠っているところから始まる。その揺りかごは、彼女の親の家ではなく、預けられた別の家にあった。彼女を覗きこむ顔は母親のものではない。ほかに三人の少女が、自分たちの家ではないこの家にいた。彼女たちの両親も不在だ。

一九四二年一〇月九日、アンヌ・ロール・ムルグは三姉妹を支度させなければならなくなった。長女のミレイユは妹たちにコートを着るように言い、まだ三歳にしかならないアンリエットの靴紐を結んでやった。真ん中のジャクリーヌは、ムルグさんの手を離そうとしない。ムルグさんはスーツケースを二つ取り出して、まだ彼女たちの手元にあったものを全部そこに詰めこもうとする。

三人の子どもの名前は、今では時代遅れな感じがするが、当時は汲みたての水のように新鮮に響いたはずだ。ミレイユの出生名はミラだったが、戸籍に記録された、両親の出自を思わせるこの名前は、すぐに通称で呼ばれることになった。ジャクリーヌという名前には、明るい未来が待っていた。ジャクリーヌはクロード・ソーテの映画によく似合う響きだし、彼女に子どもが生まれていたとしたら、その世代にとっては、戦後フランスの妻または売春宿の斡旋人にうってつけの名前だった。アンリエットは、アンリという名前の上に冠のように少し斜めに置かれた接尾辞のせいで、目をしばたたかせる。あんまり深く驚いたように見つめるので、周りで起きることを非難しているみたいに見えた。

ミレイユは、大人から聞いて真似したにちがいない言い回しを使って、妹たちを慰める。「お利口にしておくのよ」「全部うまくいくからね」彼女はかがみこんで、アンリエットのコートのボタンを留めてやる。さっきまでは反抗的だったアンリエットは、今ではリビングの中央でおとなしくじっとしている。ウールのコートがぶ厚いせいで、腕がちょっと体から離れたままの恰好になり、小さな手はどちらも何をしていいのかわからないまま開かれている。この時代は何もかもがセピア色で、何色のコートを着ていたかは判断できない。子どもたちは今日の子どもよりもちょっとシックで、大人っぽい服を着せられていた。地球の反対側にいた別の子どもたちがやがてポリエステルやポリウレタンの上着や、ジッパー付きのナイロン素材のブルゾンや、合成皮革のスニーカーをチェーン店のために製造し始める前の時代のこと――だからきっと、コートは薄い青色や薄い桃色だったと思う、あるいは母親が失敗したと呪うような派手な色だったかもしれない。ジャクリーヌが両親に会えるかどうか尋ねると、何も知らないミレイユは妹に「そうよ」と答え、ムルグさんの顔にむなしく同意を求めて、「もちろん」と付け加えた。

部屋には赤ん坊もいた、マドレーヌという名前の女の子だ。ムルグさんは何度も彼女の様子を見に行った。マドレーヌは眠っている。彼女の眠りははかない雲のように引き伸ばされ、いつなんどき、その優しさが破られてしまうかはわからなかった。眠っていてくれれば、ムルグさんがこれから三人の少女と階下へ移動する際に、マドレーヌを一人残していくことができる。それでも、ムルグさんはマドレーヌの様子を見に行かずにはいられない。彼女に靴下を履かせたり、編み上げた毛布を肩まで引き上げたり、前髪をかきあげたり——そんな無意味で尊いしぐさによって、人は赤ん坊に近づき、寝ている様子を見つめることを自らに許可するのだ。

アンヌ・ロール・ムルグは四〇歳で、実直な女性だった。この時代に、自分の子どもではない子どもを四人も世話し、商売の仕事をこなし、しかも夫がユダヤ人だということで身を隠すはめになって不在だったとしたら、その女性は実直と言われたはずだ。ヴィシー政権の洗練された詭弁の法律に従えば、自身はユダヤ人ではないが、配偶者がユダヤ人であるという立場は、七月の一斉検挙で親を連行されたユダヤ人の子どもたちを保護する資格を有しているということだった。

アンヌ・ロール・ムルグの家はモンタルジ市の中心部にあるドレ通り八一番地に建っていた。わたしはその家を見に行った。今日ではショーウィンドウの中に、姿勢矯正靴やスリッパやスニーカーが売られている。この辺りはそんなに変わっていないはずで、通りには今でも商店が立ち並んでいる。ムルグ夫妻は、近隣の工場でユダヤ人たちが逮捕されたのを受けて、ムルグ氏が身を隠すことを決心するまでは、二人で服の仕立屋をしていた。店は一階にあり、二階が住居だった。

ドイツ軍兵士たちはイジドール・レヴィの案内で店の前までやってきた。レヴィは駅の近くで家畜取引を営む商人で、モンタルジのユダヤ人コミュニティを代表し、みんなから、古い猥歌によくあるように「ジジおじさん」と呼ばれていた。一斉検挙の日、県庁はすでにドイツ軍のために、大半のユダヤ人の名前と住所をリストアップしていた。軍人たちは獲物のリストを手に家々のドアの前までたどり着き、名前を一人ずつ読み上げ、ユダヤ人を呼び出すことができた。ドイツ人たちは計算が合わないことにすぐ気づいただろうか。ムルグさんは子どもたちの身の回り品一式について説明しただろうか。彼女は「厚いセーターを何枚か着せました」などと言ったかもしれない。あるいは、軍人を前に「おもちゃはこのスーツケースに入っています」と告げただろうか。そんなに会話はなかったはず、誰もやり取りを引き延ばすことにこだわらなかっただろうとわたしは思う。三人の少女はおとなしくしていて、「泣きも叫びもせず、彼らについていく用意ができていた」とのちにアンヌ・ロール・ムルグは書いている。そして、この従順さに関する記述はわたしの気持ちをかき乱す、というのも、子どもたちが何も試みようともしなかったのは、どれほど恐怖にかられていたかを示しているからだ。お行儀の良さを褒めているのかもしれないが、それはこの状況下では何の得にもならなかった。ミレイユはジャクリーヌにスーツケースを一つ持つように言い、自分はもう一つを運んで、空いている方の手でアンリエットと手をつないだ。やがて、ドイツ人兵士二名、イジドール・レヴィ、ミレイユ、ジャクリーヌ、そしてミレイユに手をつながれたアンリエットたち全員の準備が整う。

一行はもう出発できる状態だったが、このとき軍人の片方が予告なしに家の中を見て回ることを決めた。兵士は一行を押し戻しながら、ドアを押し開け、今ではスニーカーやスリッパを売っているショーウィンドウの前にいた全員――ムルグさん、三人の子どもたち、二人目の兵士、イジドール・レヴィ——を引き連れて、二階に上がった。子どもたちにとっては、再び戻ってきたことになる。この探索を主導した兵士は真っ先にリビングに入り、そこに赤ん坊が寝ているのを発見した。彼は赤ん坊を連れて行くと主張する。子どもたちを全員連れて行くのがわれわれの使命で、赤ん坊は子どもだ、と言う。ムルグさんはここまで、子どもたちにも家にも世間にも、これ以上の面倒を引き起こさないように平静を保っていたが、事ここに至って叫び出した。彼女の叫びはすべてレヴィ氏がドイツ語に通訳した。「赤ん坊はまだ小さすぎる」「最初の乳母にひどい扱いを受けて、ここに来たときにはとても体調が悪かった」「この子はまだ朝までずっとは眠れない」赤ん坊を連れ去るのは、三歳、五歳、一〇歳の女の子たちを連行するより悪いことなのか。何をもって子どもたちは父親や母親たちよりも大切だというのか。三五歳の女はおばあさんより不可欠だというのか。年寄りを殺すのは壮年の男性を殺すよりもひどいのか。こうした問いは虐殺の行政執行者にとっては悩ましいものだったが、ムルグさんにとっては迷うようなことではなかった。

続いて起こったことは、はたして揺りかごの上の壁に掛かっていた聖画のおかげなのだろうか。それとも、ムルグさんの胸に湧き起こり、その口から飛び出して家中を満たした嵐のためだろうか。一言しゃべると、その二倍の時間がかかった、というのも、すべての言葉を翻訳する必要があったからだ。ムルグさんがドイツ兵へ向けて話した言葉はレヴィ氏を経由して伝えられ、ドイツ兵がムルグさんに返した言葉もレヴィ氏を経由して伝えられた。軍人たちがいらいらと待っているあいだに、赤ん坊のマドレーヌが目を覚まし、空腹といらだちから泣き出す。赤ん坊の言葉は万国共通、通訳は必要ない。最後は現実的な便宜が重視された。このムルグという女なら泣き叫ぶ赤ん坊の世話ができるわけだし、ドイツ軍《ヴェルマハト》はそこら中に小便を漏らす赤ん坊など引き受けてもどうしようもないではないか。

子どもたちは家を出て、両親の逮捕以来、彼女たちに残されたすべてをスーツケースに詰めこんで、野戦憲兵の事務所の方角へ歩き出す。服、おもちゃが一つ二つ、人形、本が数冊。

リビングでは、アンヌ・ロール・ムルグがもう泣きやんだマドレーヌをあやしていた。

わたしの祖父母は、三人の姪を養子にしたかった。父はそう確信している。戦争が終わりしだい、亡命先のスイスから、姪たちを迎えに行くつもりでいた――間接的に得た報せから、また会える希望を温めていたのだ。わたしの祖父の兄とその妻の生存を示す証拠はもはや何もなく、二人を待つのは無駄に思われた。しかし、子どもたちは迎えに行ってやらなければ。自分たちの娘になってもらうはずだった。

彼女たちがわたしの父の姉になっていた世界では、父は存在しない。父はいつもそう言っていた。そう確信するのは、祖父母にはすでにアネットという、ジャクリーヌと同い年の娘がいたからだ。四人もの娘を抱えていては、商売に明け暮れて財産もない夫婦は、五人目の子どもを持とうとは思わなかっただろう。そうすると、わたしの父が一九四六年一二月に生まれることはなかったことになる。

わたしはこの考えに納得しているわけではない。わたしが思うのは、子どもたちが親のもとに生まれてくるのには、大人と同様に子どもたちなりの理由があるということだ。つまり、誕生は思い通りにいくものではなく、たとえ少女たちの一団がいたとしても、父が出現しなかったということにはならない。この話をするときの父は、自分のことよりも、喪失の痛みについて語っていたのではないか、とわたしは思う。「生まれていなかったかもしれない」という言葉を繰り返すと、それはまるで犠牲についての決まり文句のように響き、ついには意味を逆転させる力が生まれてくるようだった。彼女たちの代わりにわたしが、わたしの代わりに彼女たちが。この言い回しは、生存者としての父の立場を表現していた。この言い回しはわたしたち、すなわち父と妹とわたしが何でできているかについて語っていた。わたしたちがぞっとするような奇妙な雑木林のなかにいるような気持ちになることについても。この非誕生のうちにわたしは自分を見出す。もし生まれていなかったらという可能性に照らし合わせることで、父がときおり、周囲の物事に対して耐えがたいほど無関心でいられたことや、わたしたちが重力から解放されたみたいに軽率になったり、現実にしっかり向き合う力が間歇的に弱まるのも、父から受け継いだものだということがわかってくる。「生まれていなかったかもしれない」という認識は、覚めた夢のなかに生まれることである。

一九八七年、わたしが三歳になってまもなく、父はリヨンへ向かった。父は、元ナチスSS将校クラウス・バルビーの裁判における損害賠償請求団の一員だった。バルビーが人道に対する犯罪に関して起訴されたのは、とりわけイジウ孤児院にいた四四人のユダヤ人の児童を、彼らが殺されると知りながら収容所へ送り出す作戦の指揮をとったためだった。父の主な仕事は、裁判の進行に関わっていた。父はバルビーが証言台に立つことを求めたが、バルビーは出廷を拒否したため、力ずくでなければ彼を引きずり出すことはできなかった。当時は、父と同じ陣営でさえ、父の言い分は誇張しすぎで、あんな高齢の、身体の弱った人間に暴力をはたらくことなどできない、と思った人が数多くいた。バルビーは当時わずか七四歳だった、つまりわたしが本書を執筆している現時点の父と同年齢だ。バルビーの犯罪がそんなに遠い過去のことではなかったことに気づいて、わたしはびっくりしている。

この裁判とわたしの家族とのあいだに関係があるなんて、長いあいだ気づかなかった。祖父が何も言わなかったように、父も裁判については何も言わなかった。

わたしの妹がマドレーヌ・カミンスキの家のインターホンを押し、「エステル・コルマンです」と名乗った日まで、わたしたちの「小さないとこたち*」の最後の日々について証言が残されているなんて知らなかった。インクと思い出のタールを塗りこまれた揺りかごの舟が、わたしたちのところまでたどり着いていたことに気づいていなかった。

エステルはある日、わたしを家に招いた際にそのことを教えてくれた。樹木と自転車でいっぱいの、舗石が敷きつめられた中庭に面した、こぢんまりしたアパルトマンで、エステルはわたしを座らせてから、一メートル七五センチの長身を伸ばして立ち上がり、集めておいた資料やメモや記録を取りに行った。そして、そのすべてをテーブルの上に置いた。

* petit-cousin は通常、親がいとこ同士の関係（はとこ）を指す。三姉妹は父のいとこにあたるため、語り手から見て「いとこおば」であり、はとこではない。ここでは、親戚全般を cousin と呼ぶ用法に、子どもへの愛着を込めた petit を付けている。

妹とわたしは、身長と見た目に違いがあって、妹は緑色の眼をしていて、わたしは茶色だが、額と眉はおんなじだ。わたしたちは書類や写真や手紙の上にかがみこむ。妹は、わたしより背が高い点を除けば、雰囲気はわたしと同じだった。バランスの取れた体つきで、再び立ち上がってお湯を沸かし、お茶のポットとカップ、そしてわたしには名前がわからないが、いつも欠かさず出てくるお菓子を持ってきたときにも、その動作には自信と落ち着きと楽しさが見てとれた。

椅子に座りなおすと、彼女はマドレーヌ・カミンスキについて話し出した。検挙の日、揺りかごのなかにいた赤ちゃんだった人だ。マドレーヌのおかげで、過去がただの紙ではなく、声によって立ち現れる。戦時中、わたしたちの小さないとこたちと同じ場所へ収容された彼女の三人の姉たちの声が、マドレーヌの語りを通じて聞こえてくる。集合住宅や一軒家を訪ねれば、インターホンを鳴らして呼び出すこともできるおばあさんたちとして、彼女たちは二〇一九年の世界に生きている。

わたしたちは書類の包み紐を解き、全部を一緒に読みなおした。エステルは、キリル文字で記された、コルマン姉妹の両親ハヴァとリソラ――エヴとラザールのイディッシュ語での呼び方――の戸籍抄本を見つけた。一九世紀末、まだポーランドではなく帝政ロシア領だったピョトルクフの出身。大きな町で、みすぼらしいシュテットル（東欧でユダヤ人が形成した小集落）などではない。とはいえ、わたしもピョトルクフという町の名前はそのとき、ほとんど初めて見たのだが。それからカミンスキとコルマンという名前が一緒に出てくるフランスの行政書類には、両家の親たちが一九四二年七月に、次いで子どもたちが同年一〇月に検挙されたことを示している。コルマン姉妹の写真が二枚、ミレイユの手紙が六通、その最初の手紙は一九四二年七月一七日の日付で、ミレイユ自身が書いたものではない。そして別の手紙には、リナという、まったく聞き覚えのない署名がなされていた。この手紙は一九四二年七月二六日にドランシーから送られていた。

父に電話で尋ねると、リナとはわたしの父方の祖母の姉で、一〇人に及ぶ兄弟姉妹の長子だった。リナの存在が明らかになると同時に、わたしたちは彼女が収容所に送られたことを知った。彼女はわたしたちの家族に住みつく沈黙がどれほどの深さかを測る手がかりを与えてくれた。「心配しないで」とわたしの祖母に書き送り、四一歳で亡くなったリナは、電話のスピーカー越しの父の声によって初めて姿を現し、わたしと妹は思わず顔を見合わせた。リナは一九三三年にベルリンを去った。フランスに避難先を求めたのだった。

リナの手紙はサン・マルタン・アン・オーという、わたしの祖父母が隠れていたリヨン近郊の村宛に送られている。その数日前、祖父母は姪のミレイユから手紙を受け取り、彼女の両親が逮捕されたが、どこへ連れて行かれたかはわからない、と知らされていた。自分と妹たちは別の寮に引き取られた、とも書いていた。アウシュヴィッツまでの旅程を考慮すれば、この二通の手紙が祖父母の手元に届くまでの約一週間のうちに、ミレイユの両親とリナは、すでに亡くなっていたはずだ。祖父母がそれを知ることはできなかった。だが、一〇日間のうちにこの二通の手紙を受け取ったことが、彼らに亡命を決意させたはずだ。実際、一九四二年一〇月に、祖父母はフランスを離れ、スイスへ向かった。そうすることで、彼らは姪たちと再会する可能性を失った。

わたしがモンタルジに行ったのは、二〇一九年一〇月九日である。町にかかっていた冷たい霧は、空から降ってきたのか、通りを縫うように流れる用水から湧き上がってくるのか、どちらとも言いがたかった。電車のなかで、わたしはミレイユの六通の手紙を読み返した。目の前にあるにもかかわらず、その言葉は何度読んでも、まるで布地を詰めこんだ袋を敷いてハンマーで叩きつけられたみたいに、猿ぐつわをかまされた状態でもらす叫びみたいに、聞き取ることができなかった。駅に着くと、わたしは町の周辺の写真を撮り、さまざまな縮尺で町そのものの写真も撮った。環状道路沿いの倉庫や工場、煉瓦造りの建物とベル・エポックの鉄柵、真壁造りの立ち並ぶ中心街とゴシック様式の教会。子どもの目線で見てみると、ロワン川の草茂る岸辺に落ち葉や蠟引きの紙が積もっている。すると、わたしは自分が小さかった頃、どんなふうに物事を見ていたかを思い出した。昆虫や小枝のような小さなものが動くとうっとりして、その気ままな形態が何かの意味を隠しているような気がしたものだ。同じように、泥まみれの水たまりや、石壁の上に、惑星のようなひびが入った不思議な輪郭の苔がもしゃもしゃ生えているのに心惹かれた。

列車を降りると、鄧小平広場に出る。駅前広場では、ブロンズ製の中国人留学生の一群と鄧を讃える記念碑に出迎えられる。鄧小平は二〇歳のとき、ヴェジーヌ地区にあるハッチンソンの工場で、ゴム底靴を製造するために来た。一九一二年から一九二七年にかけて実施された勤工倹学運動の一環でフランスに滞在した、約四〇〇〇人の中国人の若い男女のうちの一人だった。モンタルジ行きを選んだ者は、シャポー先生にフランス語文法を習い、デュモンさんにフランス文化を教わった。彼らの寮だった建物を中心街で見ることができる。ところで、この集団脱出において予期されていなかったのは、彼らが外国人労働者と同様にフランスで出回り始めていた社会主義思想を発見したことだった。これにより、まどろむように習慣が固定していたこの町が、中国革命の発祥の地となる。ハッチンソン工場の労働者の半数以上は、ロシア人かウクライナ人だった。鄧は組合活動家と懇意になり、カール・マルクスの著作を読まされた。すぐに彼は組み立て台の前ではやる気をなくし、現場監督から解雇を言い渡される。鄧はパリ一三区にいた仲間の周恩来のもとへ行き、二人で中国の共産主義イデオロギーを練り上げた。モンタルジに残った蔡和森とその妻の向警予は、デュルジー公園のセコイアの下を集合場所にして、同胞に向かって「中国と世界を救う」理論を披露し、中国共産党の設立を呼びかける書簡を書き上げると、一九二〇年八月一三日付の速達で、祖国に残った毛沢東という名前の友人に送る。夜に運河沿いを歩けば、酔っ払いながら、夢を語り、政治やロシア革命を語る中国人学生たちとすれちがうことができた。彼らの名前は、現在は北京の国立博物館に展示されている巻紙に、ロワン川のさざ波に揺れるインクで、河岸や石橋や風にたわむ柳並木の思い出とともに、書きこまれている。

一九四二年六月二六日、かつて鄧小平と蔡和森を迎え入れた工場は、この地方で最初のユダヤ人一斉検挙の標的となる。まず狙われたのは、ハッチンソン工場ではいちばん羨ましがられる職種だった技師である。手はじめに、パレスチナでの滞在経験もある四二歳のロシア人技師ヤーコブ・レヴィンスキが捕まり、同じ日のうちに、バカロレアの筆記試験を終え、口頭試験の準備をしていた一六歳の息子ダンも捕えられた。二人はこの地方で収容され、列車に乗せられた最初の人たちの一部だった。彼らが乗せられた第五番列車は六月二八日にボーヌ・ラ・ロランドを出発し、六月三〇日にアウシュヴィッツに到着した。二人はそこで死ぬことになる。ダンは八月一六日、父親の方は日付は不明だが、二人ともおそらく強制労働で動けなくなるまで働かされたはずだ。モンタルジに隣接するシャレット・シュル・ロワンという小さな町に、二人の妻であり母である四一歳のレア・レヴィンスキと、次男でまだ生後八カ月のエメが残されていた。レアはこの町にとどまって、夫と息子の知らせを待ち続けたが、それはほかの何千という女性と同じように、逮捕と移送は頑健な男性のみが対象だと信じていたからだ。

しかし、一九四二年一〇月九日には、レアとエメも逮捕される。母親と赤ん坊は、コルマン姉妹と同じドイツ軍の野戦憲兵所へ送られた。それはドイツ軍が接収した、中心街の邸宅だった。

それから、三姉妹がレアやエメとともに待たされていた部屋に、別の三人の女の子が入ってくる。コルマン姉妹にはすぐわかった。アンドレ、ジャンヌ、ローズのカミンスキ姉妹は、ついさっき、泣き声の威力でムルグさんの家にとどまったマドレーヌの姉たちだ。彼女たちは、母親の検挙を受けて、七月半ばから「半ユダヤ」と位置づけられた家庭へ送りこまれていた。逮捕前の最後の数週間、彼女たちが妹に会いに行けるときには、いつもムルグさんの家を訪ねていたので、両家の姉妹はお互いをよく知っていた。コルマン姉妹とは違って、カミンスキ姉妹は学校から一斉検挙の情報を知らされていた。そこで彼女たちは授業を切り上げて、下宿している家に戻り、持ち物をかき集めたのだった。

モンタルジは小さな田舎町だ。結局のところ、そんなにたくさんのユダヤ人がいるわけではない。一〇月九日の一斉検挙は終了した。

その日の夜、六人の少女と、一人の女性と赤ん坊は、五〇〇メートル離れた監獄へ送られる。これにより、彼女たちを管理するのはドイツ軍当局からフランス警察へと代わった。

モンタルジに行った二〇一九年一〇月九日、わたしは刑務所の中庭を訪れた。どこにあるのか正確には知らずに近所をぐるぐる回っていたら、トリクティ通りを出たところに、白く塗られた柵の扉が開かれているのに気づいた。中庭の真ん中あたりで、ほとんど枯れ落ちて、わずか一本の枝だけが緑と金色の葉をつけて揺れているプラタナスを、二人の女性が切り揃えて形を整えている。その枝の下には梯子。梯子の下にいたこの二人の庭師は、わたしが声をかけると、挨拶を返してきた。「刑務所はここですか？」「ここは外出許可センターですよ」「ああ、そうでしょうね、ちょっとは変わっているはずですよね」わたしたちは雑談する。彼女たちは冬になる前に庭木を剪定しているところだ。ゴアテックスの上着に防護用手袋をはめ、背の高い方は太っていて、少し赤毛で、頬にそばかすがあり、背の低い方は黒髪だが、二人とも角ばったあごに猫のようなほほえみを浮かべ、同じような顔をしていた。「雑居房はどこでしょうか」「さあ、上の方かしら？」彼女たちは詳しくは知らなかった。ここにいるのは昼だけで、外部の事業者にすぎない。緑色のトラックがすぐ後ろに停まっている。ポール・デジャルダン園芸店、緑地、造成、植樹、人造石、スプリンクラー設置、垣根、承ります。わたしたちの周りにまばらに散らばる緑と金色がまじった枝、猫のような目、手には大きな手袋、寒さで赤らんだ顔の後ろにきつく結ばれた髪。「写真を撮ってもいいですか」二人は梯子の近くの木の下で、笑顔でポーズを取った。

それからすぐに、わたしは建物沿いに歩き、いわゆる外出許可センターと背中合わせになった小審裁判所の入口を見つける。ガラスの扉を開けると、保安検査のチェックポイントがあり、マリンブルーの制服を着た男女が、鞄の中身を確認する木製の台の前で待ち構えている。彼らはわたしに怒鳴らずにはいられない。「刑務所の写真を撮ったの、あなたでしょう?」彼らが見せた監視カメラの映像には、さっきの中庭でのわたしが映っていて、否定のしようもないので、「ああ、これはわたしですね!」と言うと、みんな笑った。「関係者以外は立ち入り禁止です、こんなところから入ってきてはいけません」かがみこんで一緒に画面を確認すると、わたしが庭師としゃべりながら、刑務所の中庭に現れる白黒の姿が見えた。わたしはいとまごいした。

わたしを写したカメラが、もしわたしの三人の小さないとこたちが到着した時にもあったら、と想像してみる。プラタナスにずっと向けられたカメラには、ガラスのレンズの向こうで往き来する人々が、ビニール色のなめらかな映像として映っている。どこかの閲覧不可の資料のなかにきっと保存されているのは、六人の女の子と一人の女性と赤ちゃんが、わたしが手袋をはめた二人の作業員とともにいるのを確認した中庭に入ってくる、同じぼんやりしたガラス越しの白黒の画像だ。そこには大きなプラタナスも見えているはずで、たぶんその頃はもっと葉っぱが多くて、樹高は今よりも低く、枝打ちもあまりされていなかっただろう。カメラは、写真で見たままの彼女たち、つまりドイツ兵との避けられない対面のためにムルグさんが着せたと思われる服に身を包んだ彼女たちを映し出すだろう。丸首の、神父が着るような袖のないカズラ風の服に、膝まである靴下といった、あの時代の女の子にありがちな身なり。留め具のついた靴より下の方、写真の右下には蛍光赤色の「09.10.1942.19:08」というデジタルの日時が、変わり続ける秒表記とともに見えるだろう。この映像が撮られた頃、彼女たちはそれぞれ一〇歳、五歳、三歳だった。子どもたちが入ってくるのを見て、庭師は手を止める。おしりのきつそうなジーンズを穿いた若い方の、背の低い黒髪の女性が、ミレイユに近づき、緑と金色の葉っぱが揺れている枝をあげる。

警官たちが姉妹を上階にある雑居房へと連れていく。そこには、同じく法を犯した女性囚人が収監されている。窃盗や風俗紊乱《びんらん》だけでなく、なかにはレジスタンス運動や反逆罪のせいで入れられた者もいる。

少女たちはスーツケースや床の上に座り、壁にもたれる。野戦憲兵所で待たされているときから、ジャクリーヌはその年の五月に五歳の誕生日プレゼントとしてもらった腕時計をじっと見つめている。コルマン家は時計店を営んでいた。このモデルが子どもに人気があることは知っていた。文字盤の中央にいるミッキーマウスの不ぞろいな腕がそれぞれ時針と分針になっており、一日に二回、回転にしたがって両腕が交わる。親たちは時計の読み方を教えたいと思っていたが、今ではジャクリーヌはかなり自分で読めるようになっている。

ミッキーは、逮捕されてから少なくとも一〇回は腕を組んではほどいていたが、このねずみさんはそんなことで不機嫌になったりはしない。ジャクリーヌはときどき腕時計の革バンドを外し、そのなめらかさを確かめて、また取りつける。両親は三カ月前に、家にいるところを逮捕された。それは一四時三〇分頃だと彼女は言える。ミッキーの白い手袋をはめた手が、片方が耳の下にあり、もう片方は両足のあいだにあったのだから。それは七月一四日のことで、親たちは仕事を休みにしたか、早めに切り上げていたはずだ。どのみち、だんだんと仕事の機会が減って状況が厳しくなってきた頃だった。この年の七月は雨が多く、その日はナタンという一家の友人とともに、雨があがったら散歩に出かける予定だった。まだ午睡の余韻に浸っていて、廊下の天井にも寝室の屋根にも夢のかけらが固まっている。ジャクリーヌは母親が、お出かけ用のバッグにおやつと、川辺に座るための敷物を入れるのを手伝った。父親は新聞をすべりこませた。そこにドイツ兵がつるんで、彼らを捕まえにやってきた。彼女たちを捕まえたやつらと同じだろうか、そうだとしたら、さっき気づくことができただろうか。おやつと新聞紙の入ったかごは台所の食卓の上に残されたままになり、幌付きのトラックで先に待っていたナタンとともに、両親は連れて行かれた。ジジおじさんがトラックから降りてきて、ミレイユに妹たちを連れて自分についてくるように言った。おじさんは三人がムルグさんの家に着くまで付き添った。そして、ついさっき、その家を離れるように強制されたのだ。

両親がどうなったか、それから何も知らせがない。ミッキーは文字盤の上で腕を組んではほどく、を無限にくりかえしている。大きな靴とボタン留めの半ズボンを穿いたミッキーは、世界でいちばん幸せそうだ。

ミレイユの方は、読書しようとする。この時代の、この年齢の女の子の手に入る本となると、こうした状況で読むにはちょっと物足りない内容のものになる。定期購読していた『おんなのこ』『リゼット』『シュゼットの一週間』に連載されていたお話ぐらいだ。わたしの年配の友人で、ミレイユよりほんの数年早く生まれた女性は、子どもの頃に何を読んでいたか尋ねると、『月から落ちてきた女の子』という本のことを話してくれた。彼女が教えてくれたあらすじは、

「目の見えない友だちにずっと付き添っていた女の子が、彼と恋に落ち、彼の目も見えるようになる」というものだった。一九三七年に刊行された本で、著者のベルト・ベルナージュは文芸家協会会員になり、入会の際には「ベルト・ベルナージュ女史の本に比べれば、『ばら文庫』でさえ卑猥で悪魔的に見えるでしょう」と紹介された。

ミレイユは一ページだって読むのに苦労する。『月から落ちてきた女の子』か、同じような甘ったるい本を、ジャクリーヌと並んで座っていたベンチに置く。ジャクリーヌは腕時計に夢中な様子なので、ミレイユはアンリエットに近づく。妹はもう泣いていなかったが、壁にもたれて、膝に手を置き、何もないところをずっと前から見つめている。スーツケースのなかを漁ると、人形が出てきた。ムルグさんが、ミニチュア細工の服やシーツ、それにおもちゃの医薬箱までを、彼女たちに持たせてくれたのだ。二人で一緒になって、もう人形の身づくろいをしてパジャマに着替えさせる時間だということにすると、アンリエットはここに到着してから初めて笑顔を取り戻し、小さな人形とおしゃべりし、ゴム製の頭部に塗られた髪の毛を撫で、手編みのベビーブーツを履かせ、自分の毛布に包んであやし、寝かしつけようとする。それから、おしっこしてもいいかとミレイユに訊き、姉は彼女を囚人用の粗末なトイレまで連れて行ったが、廊下には憲兵が待ちかまえていた。便器は位置が高すぎて、縁にはモンタルジ警察のエリートたちが小水の洗礼を浴びせてあった。便器を拭くためにミレイユはハンカチを取り出す。たぶん、当時の女の子がよく持っていたような、頭文字が縫いつけられたハンカチだ。それから妹を座らせ、落ちないように膝を持って支える。「待って！」「ねえ、ほら、早くして！」アンリエットは飛び出そうとしないブランコ乗りのように強情だ。「しなさいよ、シッ！」「寒いもん！」「すぐあったかくなるから!」「変なにおいがする!」「三まで数えるわよ!」「またシッて言って!」「シッ!」「もう一回」「シッ!」……「できた」「できた?」「うん、できた」「じゃあ、拭いて。ほら。待って、手伝ってあげる」

まぶたのないカメラの眼は、プラタナスの木から雑居房の窓へと視線を移す。翼をたたみ、子どもたちを観察する。医学生とばかり付き合っていたせいで、カメラの黒い羽根は媒《すす》と吸い殻の臭いがする。カメラの眼は一三歳の長姉アンドレの位置を探す。確認する。三カ月前の七月一四日に、この雑居房に大人たちのグループが収監されたことをカメラは覚えている。アンドレは、召喚された母親のエリア・カミンスキとともに、ここまで付き添ってきたのだ。

そのときは、アンドレは検挙リストに名前がなかった。そのため彼女はプラタナスのある中庭に置き去りにされ、母親が刑務所の中へ連れて行かれるのを見た。母の姿が階段の上へ消えていくと、アンドレは崩れかかるように木にもたれた。立ち去る前に数分そこで待っていたのは、たぶん母親が窓から手を振ってくれるのが見えると思ったからか、あるいは通りに戻るまでに涙を乾かすためだったのだろう。

アンドレが行ってしまうと、カメラはエリアを追いかけることができた。彼女がコルマン夫妻やその友人ナタン・ルスと再会した雑居房のあたりを、カメラはうろつく。エリアという名前は、彼女をよく知る人が彼女を描写するときにいつも引き合いに出す金髪の輝きを反映している。エリアはほかの収監者から少し離れて座り、母乳で汚れたシャツブラウスをできるだけ隠そうとした。しかし、それがあまりに耐えがたくて、彼女はとうとう立ち上がり、看守に何度も合図をして、痛みを訴えた。「痛いって、何が？」乳房だ。乳母に預けられたいちばん下の娘のマドレーヌがまだ離乳前であることを彼女は説明した。看守は刑務所の医務室に相談し、医務室は町にいるポフィラ医師を呼び、ポフィラ医師が診察鞄を抱えて一時間後にやってくると、エリアを雑居房の外へ連れ出た。そこでカメラは建物内部にすうっと落ちていき、ときには空を飛ぶように、ときには床の高さを這うようにしながら、憲兵が彼女を連れていき、革張りの診察台の上に座らせる様子を捉えた。凍えたタイル張りの床の上に、先史時代の鳥のような脚をまるで熾火《おきび》の上を歩くみたいにためらいながら据えて、眼は撮影を続けた。町の医者がエリアにどうやって注射を処方したかを記録する。それは一分しかかからず、接種後は、乳汁分泌が止まった。赤ん坊と引き離されたエリアは、もう乳房が痛むことはないだろう。

三カ月後、事態はもはやそのときとは違い、子どもたちも検挙されるようになる。「マドレーヌは一緒じゃないの？」とアンドレが訊いた。ミレイユは横長のシートから立ち上がって言った。「いいえ。ムルグさんが連れていくのをやめさせたの。叫んで。自分のところへ置いていくようにお願いした」こうしてアンドレは、エリアがいなくなってからは自分が面倒を見なければと覚悟していた末妹が、いつまでともわからない期間、自分たちと離ればなれになってしまったことを知った。

小さい子たち、つまりローズ、ジャンヌ、ジャクリーヌ、アンリエットが、ベンチの上や床の上で借り物の毛布にくるまって眠りに落ちるまで、ジャクリーヌの腕の先では、ミッキーが両腕をまだ三、四回、組んだりほどいたりしていた。だが、アンドレとミレイユは雑居房の片隅で、中庭の鳥の羽ばたきのように、ほとんど聞こえない小さな声で話し続ける。拉致された親たちのことや、ムルグさんの家に残された赤ん坊のこと、赤ん坊の揺りかごのそばで、彼女たちが三カ月をともに過ごしたこと。二人は、親たちの逮捕以来、彼女たちを惹きつけ、心温めてくれた、言葉の要らない赤ん坊をめぐる最高の瞬間を語り合う。一三歳と一〇歳という年齢の違いは、ふつうなら離れた別の惑星に生きているようなものだが、長女という立場が二人を近づける。「あれ見た？」とミレイユが訊く。そして、黒くて小さな何かが、必死で窓辺にとまろうとしているのを指差す。身体を支えるには細すぎる両脚が、まるですぐに折れてしまいそうな、鳥の一種。「あれはかささぎ」とアンドレは教える。「病気みたいね」とミレイユは言い、立ち上がって、窓に近づく。「わたしたちを見るの、やめなさい。何にもあげるものなんてないよ」とミレイユは言い訳した。「やめて！　どっかへ行って」

カメラの眼は止まり木に戻っていく。それほど前にもう生まれていたのだ……。きっと昼が夜と分かれていなかったくらい昔から。きっと、今ではよく鳥が巣をつくる中庭の木が育つのも見ただろう。そいつが見たものは腹のなかへしまわれる、何億ピクセルもの記憶が腸のなかに、羽根のなかに貯蔵されていく。

翌日、レア・レヴィンスキは、シャレット村の司祭と面会し、赤ん坊のエメを引き渡す。司祭がドイツ軍と交渉し、赤ん坊を出所させる許可を取りつけたのだ。この破格の措置は、刑務所から数百メートルしか離れていないアンヌ・ロール・ムルグの家でマドレーヌ・カミンスキを救ったのと同じ、条文には書かれていない法則によって説明できる。それは赤子に対する気まぐれな憐みによる。その同じ気まぐれが、ヘロデ王の場合は真っ先に抹殺すべき対象になり、エジプトでは長子の虐殺につながり、ポグロムにまで至ったのだ。この一〇月一〇日の午後、シャレット村の司祭のおかげで、エメ・レヴィンスキは父と兄よりも、そして五カ月後に第五三番列車で移送されて殺害された母よりも、長く生き延びることになる。マドレーヌと同じように、寝かしてくれる揺りかごが見つかり、抱っこしてくれる養父母が現れ、戦争を切り抜けることになる。

彼女たちはお互いを「ほとんど姉妹」と呼んでいた――これは、彼女たちのうちで生き残った人が書き残したものや発言のなかに出てきた言葉で、刑務所の夜に始まった言い方である。自分たちの親も少し前には同じ雑居房にいたとは知らずに、房内で一緒に夜を過ごしたときから、六人はいつも一緒だった。

その日その夜より前には、お互いにこれほど重要な存在ではなかったし、それほど親しくもなかった。「ほとんど姉妹」という言葉も当初はまだなかった。両家とも異なる道のりを経ていて、一見すると似た者同士でも、はっきり対立する点があった。どちらもポーランド出身で、ワルシャワとピョトルクフという、ちょうどその頃ゲットーが形成された大都市から来た。両家とも商売をしていたが、コルマン家の方がやや慎ましく、カミンスキ家の方がやや暮らし向きが楽だったが、どちらもフランス到着以後に財を成した点では同じだった。行政手続きの進み具合によって、一方ではコルマン姉妹が一九三九年よりも前にフランス国籍を取得していたのに対し、カミンスキ家は戦争が勃発する直前に国籍申請をしていた――この申請はもちろん、人種差別法のせいで、戦争中に受理されることはなかった。子どもたちはフランス語を完璧に話したが、親たちは、四人それぞれ、流暢さや発音の訛りに違いがあった。女の子たちはフランス語を完璧に――あるいはそのうち完璧に――書けたため、マックス・カミンスキは長女に仕事の手紙を書くのを手伝ってもらっていた。離ればなれになってからは、アンドレに手紙を送るために、内容を安心して伝えられ、書き取ってくれる人を探さなければならなくなった。

　カミンスキ家がモンタルジに自宅と商店を所有する、街角のブルジョワ一家だったのに対し、コルマン家はモンタルジに定住するつもりはなく、借家をあちらこちらと引っ越し、商品を売るための店舗も持っていなかった。コルマン家は大脱出（一九四〇年五月・六月にナチス侵攻を受けて、フランス国内で八〇〇万人が移動した）のなか、着の身着のままでモンタルジにやって来た。すべてをあわただしく手放したため、もう家も店もなくなった彼らは、ロレーヌ地方にドイツが侵入してきたとき、何千人というフランス人と同様に逃げてきたのだ――自動車を所有していなかった彼らが、どうやってここまで来たのか、わたしにはわからない。ティオンヴィル、それからアヤンジュといった国境の町にばかり住んでいたのに、麦が波打つロワールの平原のただ中へ、どうやって来たのだろう。ドイツ軍の手を逃れようとしたのだろうが、どんな道のりをたどってきたのか。一九四〇年六月一七日、敵軍の歩みを遅らせるため、フランス魂が発揮されて、モンタルジからそう遠くないジオンで、ロワール川に架かる橋の第七橋脚が爆破された。娘たちを連れたコルマン夫妻は、来るつもりもなかったこのガティネの穴（ロワレ県北東部の自然区分上の名称）にはまりこんでしまった。ここに居残るつもりなどまったくなかった。

　両家の違いは争いや敵意を生むこともあり、それは手紙を見ても読み取ることができる。両家の出会いについての牧歌的なイメージは否定される。コルマン家の子どもたちはカトリック系の私立小学校に通った。それはおそらく教育に関する親たちのエリート主義の表れであり、自分たちの社会的地位の脆弱さを隠すねらいもあっただろうし、学年途中で来たために私学に入学せざるを得なかったという事情もある。一方、カミンスキ家の子どもたちはずっと公立小学校通いで、それを当然のこととして満足していた。両家はときどき、第三共和制の古い絵はがきのような些細な問題で言い合った。日曜日には、一緒に散歩へ誘い合うことはあった。子どもたちは互いの家で遊んだが、親たちは夕食や昼食をともにすることがなかった。アンドレの記憶によれば、同じ食卓についたことは一度もない。付き合いがあったのは、もっぱら娘たちのためだ、とわたしは思う。女の子たちは仲が良く、同年齢のグループを形成していたし、これはもうちょっと微妙な点だが、この地まで移住してきたユダヤ系の家庭はごく少数だったからだ。そのことは彼女たちにお互いにいつも気持ちよいとはいえない連帯と義務の感情を植えつけ、この田舎町で周縁的な存在であることを思い知らせた。エリアの手紙には、反ユダヤ法が制定された際の、コルマン家に対する少し苦い皮肉が読み取れる。彼女は夫に宛てて、リソラが自転車に乗る権利をなくしたことは、事故防止のためにはそんなに悪くない措置だ、と書いた——「彼の乗り方が下手なので、マックス、わたしはほっとしていますよ」彼女は娘たちと黄色い星を着けて外出するときにも、「わたしたちは勇気を出して、上着に別の色のものを着けて出かけるようにしていますよ」と言い、彼らなりに抵抗しているのに、ハヴァは何もしようとしないことを、「コルマンの奥さんはとても傷ついて、家にいます。恥ずかしいのです」と伝えている。

カミンスキ家は、戦前からモンタルジに定住していた。彼らがこの町を選んだのは、近隣のロリスとシャレットに親戚が暮らしていたからだ。住まいは、三階以上ある大きな一軒家で、一階部分が商店になっていた。まずは工具や、近くの工場から届くゴム長靴の販売から始まり、しだいに服や家庭用品を、週末は市場で、平日は店でさばいて、儲けを出すようになった。仕事が順調なあまり、町の公証人たちから羨望のまなざしで見られて、危険にさえなった。反ユダヤ法が通るとすぐ、彼らの財産はその名もラニョー（「神の子羊」の意）薬剤師に差し押さえられ、生活のために台所と二階のいくつかの部屋しか使わせてもらえなくなる。ある晩には、さらに何を天引きしたかったのかは知らないが、薬剤師はわざわざマックスを店の裏で待ち伏せし、殴り倒した。その翌日、商店の公証人だったフュムリ氏がマックスに、逮捕されそうだから町を離れるように「忠告した」。この警告は、命を救ってくれたからといって好意的だったというわけではないが、マックスはこの手のことで時間を無駄にする人間ではなかった。すぐに荷造りをし、妻と子どもたちは、女だし、子どもだから安全だろうと考えて、置き去りにしたまま、フランス南部へ逃亡した。境界線で逮捕され、戦争の終わりまで南部の自由地域で、半勾留状態、あるいは当時の用語でいえば半自由状態におかれて、フランス当局が管理する劣悪な収容所で、ほかの外国籍の男たちとともに強制労働に従事した。

七月一四日以来、コルマン姉妹は両親についての情報を聞くことはなかった。それに対して、カミンスキ姉妹は、ほとんど毎週、マックスが労役仲間に書いてもらった手紙を受け取った。連れて行かれ、閉じこめられたどの収容所からも手紙を送った。外国人労働者連合（GTE）のためにクルーズ県からコレーズ県まで転々とした。ゲレ、サイヤ、スデイユ、メッサク、ボーリュー、ラ・メーズ、最後はセレラックといった町からの手紙に、彼女たちは返事を書いた。生きている親と通信できるというのが、一九四二年の夏以降、ほとんど姉妹だったコルマン家とカミンスキ家の少女たちを隔てていたいちばんの違いだった。

ナタン・ルス、通称ビバと呼ばれた男も、ハヴァ、リソラ、エリアとともに、一九四二年七月の革命記念日のその日、モンタルジ刑務所にいた。ナタンはメロディーのように、この物語の登場人物たちのあいだを動き回る。彼の顔は誰も知らない。

ナタンは、コルマン家の家系図にも、カミンスキ家の家系図にも現れない。戸籍簿にも、公証人にも、一族の墓にも関係ないが、人生に欠くことのできない存在、つまり「友人」だった。兄のリソラより三年後に生まれ、兄とともにピョトルクフで育ったわたしの祖父のエリは、子どもの頃にナタンに会ったことがあると思う。リソラがフランスへ旅立ったのは、ナタンと連れ立ってのことで、兄が去ってしまったことに腹を立てていなければ、それは祖父に憧れを抱かせたはずだ。それとも、フランスへの旅立ちは、あたりまえでありふれた決意みたいなものだったのかもしれない——何年も経ってから、エリも彼らの後を追って、「反ユダヤ主義の腐敗した空気」とわたしの父が言ったものから身を守るために、フランスへと旅立ったのだから。

フランスに着いたとき、リソラとナタンは二二歳だった。彼らだけでなく、その名もイヴを意味するハヴァという一九歳の女性と一緒だった。彼女はすでにリソラと結婚していた。二人が一緒になったのは、お互いの選択だったのか、それとも当時はよくあった見合いだったのか。わたしはたぶん後者だったのではないかと思う。ナタンについてきてほしいと言い出したのはどちらだろうか。それしだいで、物語のメロディーはちょっと変わってくる。二人の青年と一人の若い女性から成るトリオは、同じ場所で働き、生活をともにし、たどり着いたロレーヌの地で宝石細工や時計の職人となった。彼らは離れることはなかった。ハヴァとリソラがティオンヴィルからアヤンジュへと引っ越すと、ナタンも彼らについて引っ越す。ナチスからの大脱出の結果、一九四〇年の夏にモンタルジまで来たときも、ナタンは彼らと一緒だった。

一〇年間、物語の額縁に子どもの姿はなかった。ただ若い夫婦とその友人の三人だけ、あるいは、二人の親友と一人の女性だけだ。または、二人の青年とともに窮屈な道徳のポーランドを逃げ出した、一九歳の若い女性。ハヴァはこの頃、何をしていたのだろうか。きっと店を切り盛りしていたはずだ。三人分のシーツを洗うとか。トリュフォーの映画みたいに、「ロッキングチェアが揺れると、肌の喜びへと誘われる」夜になると、彼女も歌を歌っていたならいいのに、とわたしは願う。

ティオンヴィルとアヤンジュのあいだに、三人の女の子が生まれるが、それがすべてを変えたのかどうかはわからない。ナタンは共同生活をやめた。

わたしはこの物語に登場する人物の写真を全部持っているが、ナタンだけはない。虐殺の行政記録にのみ存在が証明されるような人がいるが、彼もそういった一人だ。収容所の拘留記録に基づいて、副知事が上司に提出したアルファベット順のリストに、そしてずっと後になって、同じ名簿が刻まれた石板に、彼の名前が出てくる。しかし、ユダヤの神のように、歴史の絶対的な不可触賤民のように、彼の姿を写したものは何もないのだ。

ナタンの存在は、六人の女の子が書き残したものによっても証明されている。親が検挙されてから、女の子たちは収容所や孤児院、彼女たちの言い方では「避難所」などへやられたが、どこにいても、彼女たちはナタンの消息を尋ねた。そうした手紙のいちばん下には、ミレイユ、ジャクリーヌ、アンリエット、アンドレ、ローズ、ジャンヌという六人の署名が見られる。それはまるで物語の最後になって、囚われの主人公が監獄の窓から垂らす縄みたいだ。署名するために鉛筆を替わりばんこに持ち替えて、まだ文字が書けないアンリエットのために、誰かが代わりに名前を書いている。みんながナタンの居場所を知りたがっていた。ナタンがどうなったのかを。

生き残った姉妹によると、彼について確実に言えることが二つある。一つ目は、彼は「子どもたちの人気者」だったこと。ナタンは子どもを喜ばせる珍しい大人だった。子どもに愛される大人の男とはどんな感じなのか。それは、つまらないことに多大な情熱を傾けるように見える例外的な存在だ。ナタンはまさにその例外だったにちがいない。子どもたちは彼のことを、不幸な成り行きから敵側で生きている二重スパイのように見なし、子どもたちは彼を信頼して伝言を伝え、大人たちの世界がどうなっているかについて教えてもらった。ナタンに関する二つ目の情報は、歌う人だったということだ。それが、生き残った姉妹のおかげで得られた二つ目の、唯一の事実である。彼の「ビバ」というあだ名は、彼が好んで歌っていた曲にちなんで、彼女たちがつけたものだ。

歌がいつもみんなの好みに合っていたわけではない。マックスが出て行った一九四二年四月と七月とのあいだに、ナタンは口笛を吹きながら、まだエリアが使えていた店の裏の台所の脇まで、少し来すぎるほどにしょっちゅうやって来ては、金を要求していたようだ。ぱっと見には、エリアが一人になったので、彼女を手伝い、金を貸し、食料を調達してあげていたようだったが、彼はそうした手伝いを換算して現金を要求し、勝手に商品を転売したり、立て替えた分を返金するように求めたりした。マックス宛の手紙でエリアは、ナタンが来るので困る、と不平を述べている。ナタンは来て、要求する。エリアは一文無しだと返答する。彼はまた来て、また要求を繰り返す。彼の鼻歌や口笛は、どんな場面でも、いつも素敵な前ぶれというわけではなかった。

ナタンの頭には歌がいっぱい詰まっていた。一〇〇〇曲以上は知っていた。朝、まだベッドにいるときから頭の中で一曲口ずさみ、胸を歌で膨らませて、「中ぐらいの身長」の全身を起こす。ナタンはどんな曲を歌ったのか。歌はときどきロシア語で歌う。また、ときにはイディッシュ語、英語、フランス語だった。歌いながら、間借りしているモンタルジ中心部のラボリウ家の部屋を出る。彼らとナタンは今では友だちだ。それから最近引っ越した友だちのリソラとハヴァの家を訪ねる。前の家は、ユダヤ人の活動が制限されてから、家賃が払えなくなったのだ。当初は大脱出の際に逃げ出した人々と同じ境遇だったのに、二人は今ではどんなものも販売する権利を奪われてしまい、町の周縁部よりさらに外の、庭なしの家へ落ち着いた。「ビバ」というあだ名の由来になった歌は、どこにも録音が存在しない。それはビバという雄猫を讃える歌で、こんな風に始まる。「猫のビバ／その毛皮／ほっとする／狼じゃない／子猫はもっと／やさしい感じ」

一九四二年五月の朝早く、ナタンはまだ人影もない旧市街の通りをこの歌を歌いながら過ぎていく。そしてロワン川に架かる橋を二つ渡り、アドルフ・コシュリー大通り五一番地へ向かう。一番よりもお願い口調の二番を歌って、コルマン家の前に到着する。「猫のビバ／そのひげが／ぼくを縛る／猫のビバ／ぼくのかわいい子／もしできるなら」

こう口ずさみながら、台所にいるハヴァの首にキスし、そばに立って、温まった片手を彼女の頰に差し出す。ハヴァが大きめのカップにコーヒーを注いで置き、座ってそれを飲むまで彼は歌い続ける。

彼が階下で口ずさんでいる頃、二階ではリソラが身じたくし、子ども部屋のミレイユを起こす。ドアを開けると、三つのベッドの輪郭を確認できなくても、三人がどこにいるか、すぐに察しがつくので、長女のベッドまで何にもぶつからずに進んでいく。毛布越しに足をつねり、ほかの子たちには聞こえないけれど、ミレイユの夢のなかに届くには十分なくらいの声の大きさで、「お姉ちゃん、起きて」とささやく。「音は立てないで、おいで。下で待っているから」階下からは軽い足音にまじって重い足音が聞こえてくる。やがて台所には、四人でとる朝食のおしゃべりと、ミレイユが待ちきれないほど好きな三番の歌詞が響き渡る。「猫のビバ／おまえのおしりの穴は／そんなに汚れていない」するとだいたいリソラが「じゃなきゃ、びっくり」という合いの手を入れる。「そしておまえのおしりに／ぼくのかわいいルル」歌を締めくくるのはミレイユだ。「やられてしまう」

木曜日は学校がないので、その日は自分と友人とともに過ごすように、リソラは長女を誘っていた。「時間の内側を直しに行くんだよ」と遠出の前日、リソラは言い、「現場でサンドウィッチを食べるつもりさ」と付け加えた。それが決め手で、ミレイユも行く気になった。彼女は工具箱を運ぶ係だった。箱は彼女にはまだ重すぎたが、それが自分に課した条件だった。箱を持ち上げると、この日のためにカミンスキ家から借りたカフェオレ色のマティス（フランスの自動車メーカー、一九五〇年に廃業）の後部座席に積み込む。ハヴァは車のところまで付き添い、娘にキスすると、エンジンをかけて出発する車に手を振る。

モンタルジに今は亡き小さないとこたちとその両親を訪ねて行った雨の日、わたしが見つけたアドルフ・コシュリー大通り五一番地の家は、三階建てで、最上階は急な傾斜のついた屋根組みの下にあり、ファサードは卵の殻のような薄いクリーム色の下塗りが施されていた。隣家とのあいだに設けられた庭は黄色い砂利で覆われていて、水たまりには灰色の空と次の雨を降らす雲が映っている。家の庭に沿って石を空積みした塀に、何十羽という鳥が巣を作り、若いぶどうの木やポプラの幹へと飛び出しては息を切らせている。そのなかには、スズメやアマツバメ、ズグロムシクイもいる。あるいは、この草むらの鳴き声を録音して聞かせた生物学者の友人の言葉を借りるなら、「ズグロムシクイだと言って売りつけることができるムシクイ」がいた。わたしはこのムシクイかもしれない鳥の声を、そうとも知らずにずっと聞いていた。

ハヴァは、ミレイユとビバが手を振っているカフェオレ色のマティスが遠ざかっていくのを見る。リソラと彼女とナタンが店を失って、アヤンジュを去って以来、なんとか持ち出すことができた腕時計と宝石の在庫品を売って生活していた。彼らが何も販売することを許可されていないことにつけこんで、二束三文で買いたたこうとする業者もいる。二人の男は、あちらこちらで壁時計の修理も請け負っていた。今日もそうした仕事の一つで、モンタルジから四〇キロメートルほど離れたところにあるピティヴィエ駅の大時計を修理するのだ。もう何カ月も前から時計の針が止まっていた、というのも、こんな大きな時計の修理をできる人間がこのあたりにはいないからだ。そんなとき、駅長は「腕時計を売り、振り子時計の修理をする」ユダヤ人がモンタルジに住んでいるという話を聞きつけた。ドイツ人の命令で、駅は待合室からプラットホームまで、ポイント切り替えから大時計まで、すべてが完璧に機能していなければならなくなり、そこで彼らが呼ばれたのだった。

道すがら、リソラとナタンはこれからどうするか、相談する。モンタルジを離れ、自由地域へ移動しよう、たぶんリヨンあたりがいい、リソラの弟のエリ（わたしの祖父）が妻のサラ（わたしの祖母）と暮らしているし、ジャクリーヌと同い年のアネットという女の子もいる。会話はおもにロシア語とイディッシュ語で、ミレイユと話すときは少しフランス語も使った。彼女は学校も始まったし、モンタルジに残りたい、と言う。「すぐ別の友だちができるよ」と彼女の父親が答えた。「いつでも友だちはできるものさ」

リソラとナタンの話し方には、わたしにも聞き覚えのある訛りがあったはずだ。思い出すのは祖母サラの重くゆっくりした話し方で、まるで川の岩場を抜ける水が急に跳ね上がるような訛りは、そもそも子どもであるわたしに話しかけるのには向いていなかった。フランス語を話そうとするのだが、単語の発音が違うせいで、まるで知らない景色へと連れ出される。なぜなら、それはドイツ語の単語か、あるいは彼女が生涯を通じて話すことになったスイス・ドイツ語やイディッシュ語、さらには彼女の両親が話していたロシア語やポーランド語のようなスラブ語をドイツ語風に発音したものだったからだ。チューリッヒにあった祖母の現代的なアパルトマンを思い出す。リビングには、彼女の姉妹の誰かが描いた絵と、野獣と悪魔の戦いが何段階にも描写されたチベットの死者の書の金色のパネルが掛かっていた。それは地球の裏側まで旅したわたしのおばがおみやげに買ってきたものにちがいない。祖母がフランス語をうまく話せないことにわたしはいらいらした。それが二人を隔てる距離の証拠だと思ってわたしは腹を立て、複数の言語を話せることも、豊かさというより、しょっちゅう会話を横滑りさせる不安定な土台にしか思えなかった。薄い唇に血の気のない顔色、金髪に薄い灰色の眼、ワインの汚れのようなしみができた額で、石を転がすような声を出す。柄の入った絹地の服に身を包んだ山のようなこのチューリッヒの老婦人が、寺院のように金箔を張られて、仏像のようにゆったりした衣をまとった老婦人になれたことにほっとしているかもしれないなどとは、わたしは思いもしなかった。

車の中で、彼女の姪にあたるミレイユが、また歌い出す。「猫のビバ／目が光る／二つの目が」同乗する二人が続きを歌うと、音符が土ぼこりに舞う。「もしなくしたら／おとうちゃん／たたかいだ」リソラは自分で作った一節を、エンジン音に負けないように叫ぶ。「おまえの鼻は／ちっちゃくて／よく濡れてるね／そこにだけ／ぼくはそっと／くちづける」最後はナタンが一人で歌う、歌の最後はいつもナタンが一人で歌うのだ。歌詞をほとんど口ずさまなくても、ほかの二人は聞かなくてもそれを知っていた。「猫のビバ／ぼくには何《なん》もない／何にもない／けどおまえがいる／ぼくの猫／けどおまえがいる」

リソラ、ナタン、ミレイユが駅のコンコースに入ると、利用客は服装から彼らが何者かすぐに気づく。しかし、三人は胸に縫いつけた黄色い星のことは少しも気にしていないようだ。三人とも、エイプリルフールでだまされた人間か、背中を棍棒でたたかれたギニョール人形のように振る舞うことにして、胸の星にも、星に向けられた人々の視線にも、注意を向けない。リソラとナタンは切符売り場の前で待っていた駅長の方へ歩いていき、握手を交わす。ハヴァが縫いつけざるを得なかった不名誉の記章以外の外見上の特徴といえば、彼らの服が今日から見るとちょっとだぶだぶしていることが挙げられる。ズボンも上着も――父は「上っ張り」と呼んでいた――肩や膝が出ていたし、道を歩くのにも映画館へ行くみたいにおめかしして、フェドラとかボルサリーノと当時呼ばれた優雅なフェルト帽をかぶり、視線を翳《かげ》らせていた。ミレイユの肩に手を置いて、リソラは「小さな見習い」を紹介する。ミレイユは、早くこのくだりが終わってほしいと思いながら、にっこりと人なつこい笑みを浮かべる。駅長も、一〇歳になったばかりの、星付きのカズラを着て工具を持った女の子に、ほほえみを返す。彼女の眼は父親とそっくりで、上まぶたが大きくて夢見るような印象を与えるのに対し、下まぶたは少し盛り上がって三日月型で、それがまなざしにいつも笑っているような印象を与える。この眼には見覚えがある。わたしも、わたしの子どもたちも、みんな駅長を見上げた彼女とよく似た眼をしている。「良いスタッフがいるようだね」と駅長は言い、三人をコンコースの中央付近にある木製の階段へと連れて行く。まず男たち三人が上っていき、少女がそれに続く。駅員室がある二階を抜け、時計の文字盤が光る三階の中心部を過ぎていく。

二〇一九年秋、ピティヴィエにあるユダヤ人移送に使われた旧駅舎は工事中だった。雨が止むのを車の中で待ちながら、周囲を見回した。ケバブ屋、ビストロ、土っぽさに砂糖が混じった匂いがするビートの缶詰工場。それから、わたしは建物を取り囲む鉄柵に近づく。入口の前には、白と青に塗られた巨大なパワーショベルがあり、閉じられたバケット部分が地面に触れている。

駅の右手にはコンクリートで覆われた電気施設があり、その壁に最近描かれたらしい「新秩序」のネオファシストの落書きが見える。白地の円に十字模様は、銃の照準みたいだ。あとで知らせるために写真を撮っておく。どうしたって満足できないどこかのバカが、死のマークを更新することにこだわったのだろう。

柵沿いに歩き、昼休みに出てきたところの作業員と言葉を交わす。入ってもいいかどうか、尋ねてみる。中を見てもいいですか。わたしが来たのは、一族のうち、この駅へ「一九四二年に」通った人がいて——と言うだけで、彼らはすぐにわかったという顔をして、まるで守衛であるかのように、柵が途切れて入れる場所を指し示して、中へ行くようにうながした。作業員のうちの一人が、梁が剝き出しになった煉瓦造りの丸天井の下、瓦礫だらけのコンコースを案内してくれる。入口には、さっきのとは別の、緑色の座席がついた黄色いパワーショベルが置かれている。こちらは下あごを地面に向けて開いた状態で、その隣に立った案内役の人を記念に撮った。黒いフリースのポケットに手を突っ込み、ヘルメットを反対向きにかぶっていた。彼のあとについて螺旋階段を上り、かつての駅員室へとたどり着くまでの数分間で、お互いに自己紹介する。彼はここからさほど遠くないトゥールの出身だった。父親と同じ石工になり、同じ工房で働いている。わたしは線路に面した窓を開ける。「父親はこの手の現場は断るんですよ。何か変なことが起きると言ってね」と彼は言う。わたしが窓を開け、身を乗り出して、レールが東へ伸びているのを確認するあいだ、彼は何も言わなかった。さらに上階へ上がると、屋根組みの真下にある大時計へ到着する。窓にはブルーシートが掛けられていて、青い光のなか、ときおり風にはためく音を、わたしたちは身動きもせずにじっと聞いていた。

リソラとビバが時計を直していた同じ一九四二年の春に、同じ鉄道の先にあるヨーロッパのいくつもの駅では、別の種類の工事が進行中だった。線路は森へと続いていた。数週間前、ピティヴィエから一五〇〇キロメートル離れた場所では、「茅葺き屋根の農家」が二軒差しおさえられて、壁を塗りこめられた。その湿地帯は都会から遠く離れてはいたが、鉄道路線上に位置するため、住んでいた農民は家を接収された。彼らの元住居は窓をすべてコンクリートブロックで埋められ、入口はすべて封鎖されて、どんな息づかいや叫び声ひとつも漏れ出ることがないようにされた。家はそれぞれ三月と六月に使用を開始した。技術的な実験はまだ完了しておらず、ガスも複数の種類が試された。とりわけ、死体をどのように処理するかが決まっていなかった。どうすれば死体を残さずに殺すことができるのか、どうすれば人間をその叫びまで、肉と骨と思い出に至るまで破壊できるのか、まだ誰にもわからなかった。

「茅葺き屋根の農家」(または原文の small farmhouse を直訳すれば「小さな農場」)とは歴史家のラウル・ヒルバーグが用いた表現だ。トラックによる虐殺実験が十分な空間を確保できないことに気づき、アウシュヴィッツの大量虐殺につながる施設として最初に設計されたものを指す。「茅葺き屋根」はおとぎ話のなかに出てくる、森のすぐ近くにある村を想起させる言葉でもある。わたしはといえば、自分に見えているのがその森なのだと認めきれず、わたしを取り囲む六人の女の子とともに境界線を越えることをためらっている。孤児たちは英雄であり、見方を変えれば、捨てられた森のなかでは恰好の標的である。そこではずる賢さだけが人を救う。ヘンゼルとグレーテルがさまよっていた森もほとんど同じだ、ただひとつ、ヒルバーグが言及する二軒の茅葺き屋根の農家のそばに立っていた一本の樹をのぞいては。そこにやってきた兄妹は、ハンスまたはジャンまたはジャノと、グレタまたはマルグリットまたはマルゴー――戸籍の名前は、フランス、ドイツ、ポーランド、あるいはこの森に関係するすべてのヨーロッパの国々に彼らが到着した、あるいは生まれた日付によって変わることがあった――は、お菓子の家に誘われて、それが半分盲目の魔女のすみかとも知らずに、もぐもぐ食べ始めてしまう。お決まりどおり、魔女は二人を捕まえ、この甘い壁の家の内部にくっつけてしまう。ヘンゼルを食べようと思い、グレーテルに人肉食の手伝いをさせる。グレーテルは召使いにさせられて、座って眠るのも難しいほど狭い鳥かごに入れられた兄さんが、まるまるしたごちそうになるまでむりやり食べさせられる食事を運ぶ。グレーテルは兄を焼くためのかまどに火を保ち、兄を太らせるための料理を作る。だが、ヘンゼルは魔女の目が悪いことに気づき、いつまでも痩せていると思わせるために、毎日太りぐあいを確かめようとする魔女の手に、鶏の骨や、かごの中でおがくずと糞に埋もれて死んだ鳥の骨を差し出す。そのうち、グレーテルは魔女をかまどに突き落とすことに成功し、兄を解放する。鳥かごの鍵を見つけた彼女は、兄とともにまんまと逃げ出す。

しかし、この結末が事実に反することはみんな知っている。この森で殺されたのは子どもたちの方だ。あとはわたしもこの物語に対して骨を差し出して、木々のあいだからその言葉を脱出させ、わたしの好きなように、自分で決めたリズムにしたがって語るだけだ。わたしは物語に言葉を投げかけ、そうすることで物語を尊重し、物語が立ち現れ、わたし自身の肉体に噛みつくよりもこの囮《おと》りに噛みつくようにする。物語がわたしの喉を掻き切り、窒息させることがないように。わたしにも、わたしの子どもたちにも。

ナタン、ハヴァ、リソラ、そしてエリアは、一九四二年七月一七日、ピティヴィエ発の第六番列車で移送された。この列車に乗せられたのはロワレ収容所にいた人たちで、この収容所は同じ日に起きたヴェル・ディヴ一斉検挙（七二頁に詳述）を受けて、やがてパリ市民でいっぱいになる。これがきっかけで、大規模なユダヤ人狩りが地方にまで知られるようになった。もっとも、この列車に乗せられたのは基本的にピティヴィエとボーヌ・ラ・ロランドで拘束されていた外国人で、そこにそれ以前に検挙された人を加えて、車両の割り当てが無駄にならないように人数を増やした。ヴェル・ディヴ一斉検挙は、もはや国籍も性別も年齢も関係なく、誰も見逃してもらえない虐殺が正式に開始したことを告げるものとなり、地方では、七月一四日、一五日、一六日に、フランス警察が女性と子どもを逮捕し始める。ナタン、ハヴァ、リソラ、そしてエリアを乗せた列車は、子どもを乗せた最初の列車でもあった。出発する大人が、残してきた子どもたちも自分たちと同じ扱いを受けることを思い知らされた最初の列車だ。

リヨン近郊のサン・マルタン村に娘と逃げた祖父のエリと祖母のサラは、伯母の話ではうさぎを飼っていたという小さな木造の家の庭に出て、七月一七日付のミレイユの葉書を受け取った。彼女は、同じ日に両親が移送されたことは知らないようだった。尖った書体で書かれたインクの文字は、大人の手によるもので、たぶんムルグさんか、またはミレイユが言及しているナタンの友人によるものだ。口述筆記のメッセージは、次のように続いている。

「親愛なるおじさん、おばさん、パパが、二人ともどこか知らない収容所へ行ったと伝えるように、わたしに頼みました。わたしは妹たちといっしょに、ルスさん（ビバ）の友だちの家にいます。とても悲しいです。ビバも行きました。みんなにキスを。ミレイユ」

手紙からは、一九四二年七月一四日、アドルフ・コシュリー大通り五一番地の家で、大伯父のリソラが、少しだぶついたウールの上着に身を包み、台所か家の路地に立ちすくみ、長女に向かってわたしの祖父母のことを話している様子が想像できる。「叔父さんに知らせて」とか、「おれの弟に手紙を書いて」とか、「エリとサラに」とか言ったのだろうか。少しでも秘密を保つためにイディッシュ語で話したのだろうか。それとも警官を刺激しないようにフランス語で話したのだろうか。だとすれば、警官たちはこのやり取りを目撃しただろうか。手紙を送るように彼女に言いつけたのはリソラだったのだろうか。誰かほかの人に書いてもらうように勧めたのも彼だったのだろうか。この父娘のやり取りは、どんな風に起きたのだろうか。いまのわたしたちに至るまで残り、空気の質を変えてしまうこの場面は、どんなものだったのだろうか。

祖父の手に渡った葉書は、まるで鏡の向こう側から届いたみたいだった。というのは、わたしが所有している数少ない写真を見ると、スイスに亡命して生き延びた祖父のエリと、家族を安全な場所へ逃がすために何もできないまま、子どもたちよりも二年早く妻とともに殺された兄のリソラは、驚くほど似ているからだ。彼らの相似は、鏡をはさんで反対方向へ進んでいく二人のアリスみたいに、ルイス・キャロル的な狂気の世界に接近するレベルに達している——それは、車のバックミラーを覗いて、スキー用の帽子をかぶった自分を見ているつもりが、顔を動かしてみたら、自分を見返していた目や、寒さに赤らんだ肌の色や、数秒前から自分を元気づけようと観察していた細部に至るまで、じつはそれが後部座席でじっと動かずにいる妹の顔だと気づいた日のわたしを思わせた——妹もまた、毛糸の帽子をかぶって、ほほえんでいたのだ。

わたしが持っている唯一の写真では、兄弟のうち年上のリソラは、妻と二歳の娘ミレイユとともに、一九三四年のアヤンジュの通りでポーズをとっている。三つ揃いのスーツを着こみ、帽子をかぶっている。一九四九年の別の写真では、ミレイユとほとんど歳の違わないわたしの父をブランコに乗せて押してやっている祖父が写っていて、そこでかぶっている帽子はリソラが弟に貸したものかもしれない。この写真では、ミュルーズで無事なエリが、わたしの祖母とまだ一二歳の若い伯母とともに写っている。ジャクリーヌが生きていたら、当時ちょうどそんな年齢になっていたはずだ。兄の一家が冬用の厚い身なりで、毛皮とブーツを着用しているのに対して、弟の一家は、まるで復活のしるしのように、水着を身につけていて、彼らはそれぞれ二つの別の世界に送られたように見える。しかし、ラバトからブダペストまでをつなぎ、イタリアと黒海を含む弧のなかのどこから来たかもわからない移民の顔をした兄弟——二人ともボルサリーノの帽子が大好きで、六〇年経ったいま、わたしの父もこのメーカーの帽子を手放さない——は、まるでたった一人の役者が、最初は映画のセットのなかで、次は私生活を取材したルポルタージュ映像のなかで、それぞれポーズをとっているみたいだ。あるいは、一枚目は戦時中にブーローニュのスタジオで撮られたリアリズムの映画で、二枚目は戦後の「栄光の三〇年」（一九四五－一九七五、戦後の経済復興）の頃に屋外ロケで撮影された海辺のコメディーみたいだ。二人は撮影中に一つの役を分担し、お互いの疲労を軽減しようとしたかもしれない。どちらかがもう一人の代わりにカメラの前に立つときは、衣装を交換したかもしれない。そうすることで一人目が、リソラが写真でやっているように帽子をまぶかにかぶり、ポケットに手を入れて、そっと舞台袖に下がり、ほんものの太陽の下を、生者の群れにまぎれて消えていけるとでもいうように。

葉書が送られる数週間前、リソラとミレイユはピティヴィエ駅の大時計の内部で、二人そろって光を浴びていた。反対側から見る時計は骨のように白く、月のように丸い。リソラは脚立を広げ、文字盤を保護している木製の覆いを外す。電流を止めに行き、戻ってきて装置のビスを緩める。作業しているあいだも上っ張りを着たままで、服は身体の動きに伴って揺れた。リソラは身体を文字盤裏の空間にほとんど入れたまま、ミレイユに二本目のドライバーや電灯といった用具を渡すように命じる。「ただのばねの故障さ」とイディッシュ語訛りで言う。てきぱきと作業を進めながら、「どうってことないよ」と言う。そして小さな助手の方を向いて繰り返す。「なんでもない、ただのばねさ。それを取り替えなきゃいけない」脚立から降りると、工具箱を漁り、新品のばねを見つけ、文字盤をいじるためにまた脚立を上った。古いばねを娘に渡すと、新しいばねをはめこむ。ついでに油を少し差して、羊のなめし革でガラス盤を拭く。「今、何時だい」娘に脚立の上まで上がってくるように言うと、乳白色の光が満ちた堂内で針の高さまで彼女を持ち上げて、時間を合わさせる。そして、操作が終わると配電盤まで急いで降りていき、機構を再始動し、遅れが一分以内に収まるようにする。こうして、乗客は列車が時間通りかどうか判断できるようになる。

その隣から音符と煙が渦を巻いて漂ってくる。ナタンは先ほどから木組みの下を行ったり来たりして、煙草をふかしていた。駅前通りを眺めたり、東の方角へ走り去っていく列車と線路を眺めたりしていた。ナタンの歌はもはや人間には理解不能な言葉になっていた。彼が歌っているのは、声がメロディーで、煙が歌詞であるような何かだった。彼の声が低くて黒く、水平で金属的であるのに対して、煙草は乾いてぱちぱち音を立てる。それは赤くなったかと思うとすぐに離れて、軽い小さな塊になって床に落ちていく愛のブルースだ。

帰り道は、みんなくたびれている。ミレイユは後部座席で眠りこみ、マティスのエンジン音と、今日の出来事を話している父とナタンのつぶやき声を聞く。二人はやがてそれぞれの物思いにふけり、父は黙り、ナタンは歌い出す。ナタンの声は夢に混ざりこみ、マンハッタンの地下鉄の姿や雌を呼ぶ猫の鳴き声と一緒になる。

家に着くと、父親のリソラは小さなミレイユを肩に担いで、ベッドまで連れて行ってやる。寝室の妹たちは、まるで一日中寝ていたみたいに、もう寝ていて、おやすみのキスで起こすこともない。ハヴァとリソラとナタンは、ミレイユの夢のなかで夕食のおしゃべりを続け、やがてナタンは口笛を吹き、何か口ずさみながら、窓の下を過ぎて帰っていく。

そしてわたしもまた、ある秋の日、アドルフ・コシュリー大通り五一番地にいた。霧の一日で、足先が凍えてしまった。朝のうちにカンテーヌ通りに寄って、コルマン家がモンタルジで最初に住んだ家を見に行った。庭付きの家だが、うまく見つけられた気がしない。そしていま、一九四二年七月一四日に、彼らが検挙され、娘たちが警察に連行された家の前にいる。庭から聞こえてきた鳴き声は、二〇一九年一〇月九日に録音したのと同じ鳥のものだろう。スズメ、アマツバメ、たぶんズグロムシクイ。はっきりとした声で、間隔を開けずに鳴く。木の葉のざわめきと羽ばたきにまぎれて、鳴き声の合間に鳥たちが喉を絞って息を吸いこむのが感じられる。羽毛を逆立てた小さな身体から、一、二、三と鋭い声が放たれると、それはほかの身体の深みにどこまでも伸びていく見えない線となって、空間と時間の思いがけない次元へと広がっていく。

ボーヌ・ラ・ロランド

わたしはオルレアンから小一時間ほど車を走らせて、ボーヌ・ラ・ロランドへ行った。友人のジェラルディーヌが翌日まで付き合ってくれることになっていた。彼女の家はロワール河のほとりにあり、あまりに水辺が近いので、まるで家が川船のように係留されているように思われた。わたしの小さないとこたちの物語のこの部分へ入っていくために、この家に立ち寄ったのは、たぶん最高の発想だった。ジェラルディーヌは朝早く、駅の出口までわたしを迎えに来てくれて、一日が騒々しく始まるなか、わたしたちはそこでコーヒーを飲んだ。彼女の子どもたちは中学校と高校へ行くところで、彼女自身も日中は写真家の仕事の予定が入っていた。彼女は今日、わたしと同じときにここに落ち着いた、というのも、彼女はそれなりに離れた場所で行われる二つの撮影の合間に、こうのとりが砂の堆積のうえにたたずむときのように、家のなかまで脚を伸ばして、一息ついていたのだった——彼女にかかると、遠いものも近く、近いものも遠くなるので、相対的な遠さではあったが。いずれにしても、彼女が自分の家で一週間まるまる過ごすことはめったにないので、彼女をつかまえることができたのは幸運だった。植物でいっぱいの上階で、子どもたちの声や彼女の声を聞くと、元気が出る。彼女が話すと、ルーマニア語の訛りが、まるで少しだけ比重の大きな水のなかで動きが遅くなるように、言葉のなかでほんのわずかに沈みこむ。髪は短く、瞳はターコイズブルー、まだ上半分はパジャマなのに、もうブーツを履いて、歩き回っては音を立てる。彼女にあっては、すべてが見事にかっちりはまっていて、明るく輝いている。

この家で寝泊まりして、落ちこんだり投げ出したり、感傷的になったりすることはできない。貸してくれた車は、これからの行程にとっては理想的な船で、わたしは鍵をつかみ取る。

黒ずんだ緑色の川の上に張り出した部屋で、書類と本を山のように積み上げたテーブルの前に彼女と座り、わたしは旅程を説明した。どうしてここにいるのかといえば、それは今日ピティヴィエとボーヌ・ラ・ロランドを見て、明日の朝はオルレアン中心部にある資料室で調査するためだ。

わたしたちはそこで別れ、わたしは彼女の車の鍵を開けた。そのミニバンは、助手席側の後部座席の窓をガムテープで貼りつけたダンボールで目張りしてある。彼女は黒いカバーのついたCDコレクションを隣の席に置いていった。音楽はドライブの風景を別の次元へと変えてくれるだろう、リズミカルに、陽気に、あるいは絶望的に――デペッシュ・モードからマッシヴ・アタックまで、わたしの手がたまたま触れたCDを適当に一枚抜き出して、発車する。ダンボールの窓は、ほかでは聞けないビブラートを音楽に添える。

ボーヌ・ラ・ロランド収容所はもう存在しない。戦後、更地になり、現在は農業専門学校が建っている。二〇棟あったバラックも、現地の農村生活へ溶けこんでしまった。一九四七年、バラックは競売にかけられ、地元の農家が秣《まぐさ》を貯蔵し、家畜や農具をしまっておく納屋に改造されたのである。第四バラックの断片は二〇〇五年にある自動車修理工のところで発見された。彼はバラックを塗装用の小屋として使っていた。このバラックの断片は、その後修復され、オルレアン市内にある「ロワレ県強制収容所学習研究センター」（ＣＥＲＣＩＬ）に移築されている。六人の子どもたちが収容所で過ごした二カ月間の状況については、おもにここで情報を収集することができた。収容所の地図を見ることもできた。跡地に建った高校とは別の学校の地理学上級技術者免状準備クラスの学生が、教師や歴史学者や研究センターの記録保管係の協力を得て、現在教室棟が建っている場所に昔どのようにバラックが建っていたかを突きとめたのだ。航空写真の上に、赤い輪郭線でかつての配置を表示してあった。

この収容所は、アラン・レネの映画『夜と霧』のなかで、ケピ帽とマントのおかげでフランスの憲兵だとわかる男の肩越しに登場する。映画に引用されたこの写真は、一九五六年の公開時には検閲でカットされた。収容所がドイツ人によって運営されていたと思わせるためだ。まったくそんなことはなかった。ここへ移送されてきた人たちのうち、生き延びて証言を残した者でも、フランス人だけで運営されていたと断言できた人はほとんどいない。だが、憲兵も荷物検査係も、地元で雇われた看守も、全員フランス人だった。ドイツ人はこの収容所にはおらず、フランス警察から引き渡された収容者をピティヴィエ駅でアウシュヴィッツ行きの列車に乗せていた——この連携した引き渡しは、一九四二年六月と九月のあいだに六回実施され、さらに収容児童をアウシュヴィッツへ送る前にパリ地方の収容所へと移送する措置は、同年八月だけで三回実施された。ピティヴィエとボーヌ・ラ・ロランドの二つの収容所を空にするために、ピティヴィエの輸送専用駅はこの四ヵ月間だけ機能した。

『夜と霧』では、名前もわからない憲兵が手すりにもたれていて、そのマントとケピ帽の向こうにバラックと鉄条網が見えていた。わたしが到着したのは、それらが消滅してから、じつに七〇年後のことだった。わたしは高校の入口から数メートルの、給水用の二本の円塔のそばに車を停めた。周りには何もなく、誰もおらず、ただ野原が広がり、外は寒くて、強い風が吹いている。冬の陽射しのなかへ出ていく。光は低く、地を這うようで、ほとんど触《さわ》れそうだ。まるで光そのものが地面に畝をつけたみたいだ。静けさのなかでわたしに聞こえてきたのは、殺害された収容者の慰霊碑のそばで、風に吹かれてポールに当たるフランス国旗の音だけ。その音を聞きながら、わたしはそこにエリア・カミンスキ、ナタン・ルス、ハヴァ&リソラ・コルマンの名前を読む。そのとき、ハヴァとリソラの名前が石碑に並んでおらず、あいだに二人ほど別の名前が入りこんで、離ればなれになっているのに気づいた。それはハヴァの名前がコルトマンと誤記されていたせいだ——のちにわたしは研究センターにその誤りを指摘し、名前を訂正して二人が家族であったことを認め、しかるべき場所に並べるようにしてもらった。子どもたちの名前の方は、二つ目の慰霊碑にまとめられている。ミレイユ、ジャクリーヌ&アンリエット・コルマン、両親が連行されてからほぼ二年後の日付——二年と二週間。


一九四二年一〇月、子どもたちが連れてこられた頃には、もう収容所はほとんど空っぽだった。ここで何が行われていたかを示すものは一つも残されていなかった。

彼女たちは第一六バラックに入れられた。ほかの一九棟と同じように、八〇名収容の建物だった。実際には、このバラックには全体で四〇〇名が押しこまれていたと言うべきで、そのうち二〇〇名は移送された者と新しく到着した者が入れ替わっていた。当時、ボーヌ・ラ・ロランド収容所のなかで唯一、第一六バラックにまだ五〇名ほどの収容者が残っていた。男は建物入口付近に集められ、女と二〇名ほどの子どもはその後方にいて、そのあいだは仕切りでさえぎられていた。ほかに開いているバラックは食堂棟だけで、日曜の午後にはそこに集まって遊んだり、音楽を奏でたり歌ったりすることが許されていた。

一〇月一〇日の夜、六人の女の子たちはトラックを降りた。写真に写っていた憲兵が出迎えたのだろうか、それとも別の憲兵か。どんな取り決めになっていたのか。到着者のリストが作られ、彼女たちは武器を持った男たちに、少なくともこれで二回目の点呼を受けた。この先、移送や収容や召喚があるたびにリストが作られ、そのたびに彼女たちの名前が載ることになるだろう。検査が行われる収容所の入口から彼女たちは、むき出しの木材でできた巨大な納屋のようなものが、まるで牛小屋につながれた乳牛のように、ずらりと並んでいるのを見る。そのなかの一つ、収容所の入口と監視の目からいちばん近い建物の前に連れて来られる。建物側方にある女性と子ども専用の扉から中へ入る。ベッド代わりになっている三層の棚のうち、彼女たちの割り当て分を示され、六人は全員そこで寝たはずだ。夜になる。わたしが訪れたのもちょうど一〇月だったから、彼女たちもトラックのなかで、あるいは収容所の入口で待たされているあいだに、夜のとばりがしだいに下りてくるのを見ただろうか、と思わず考える。それとも、この季節によくあるように、憲兵小屋にいるあいだに、あるいはバラックの中へ戻った頃には、もう日は暮れていただろうか——どこかの店に入って話しこんだり、ちょっと鞄を置いていくらか言葉を交わしただけでも、外に出ると、もう夜になっていることがあるものだ。藁と軍用毛布に覆われたベッド代わりの棚に、彼女たちは腰かける。

周囲には鍵のかかった無人のバラックが一九棟ある。どれも三〇メートル×六メートルの大きさで、板切れを重ね合わせただけで、風で飛ばされないように接合さえされておらず、暑さにも寒さにもむき出しで、土台もない。コンクリートの平板の上にただ置かれただけのバラックは、元はサッカー場だった敷地で揺れている。まるで模型の上で移動できるおもちゃの家みたいに、何時間か出して遊んだあとはおもちゃ箱に片づけられる——のちに農家へ競売にかけられたということは、誰もそのあたりに放置したくなかったことを証明している。設計の時点で消え去ることを想定されていたという点で、その建物は内部で過ごす人間と同じだった。

到着から数日、誰もいない納屋のあいだを歩き回って、アンドレ、ジャンヌ、ローズ、ミレイユ、ジャクリーヌ、アンリエットが窓から覗きこむと、ベッドフレームに張られた二段の板が両側にずらりと並んでいるのが見える。そこは数百人の収容者が、たちこめる臭いとあちこちから聞こえてくる声のなかで寝そべり、やがて退去させられていった場所だ。まるで砂糖でできた幕みたいに薄くて濁ったガラス窓にぴったりと額をつけて、彼女たちは、古くなる前にもう荒廃してしまった内部を見ることができた。中央の通路にベッドから飛び立った鳩を見つける。鳩は天井にぶつかり、開いた窓から逃げ出す。羽根や鳥の糞がそこかしこに散らばっている。

外は西部劇に出てくるゴーストタウンに似ている。木材が外れかかっているところや、一〇棟ずつ並んだバラックのあいだをまっすぐ伸びる中央通りが地上の唯一の道となっている感じなど、いかにもそんな感じだ。彼女たちがすれちがう収容所の職員は減っていたが、それは二〇人の子どもたちと三〇人の武器を持たない民間人のためにわざわざ憲兵を動員するまでもないからだ。たぶん『夜と霧』に出てきたケピ帽とマントを身につけた憲兵ぐらいしか、もう残っていないはず。あるいはその仲間が一人か二人、トランプに興じたり、収容者とときどきサッカーをしたりするために、帽子とマントを外していたかもしれない。きっと憲兵たちは感じがよく、上司から何も命じられていないかぎり、なかには少女たちに愛想よく応じる者もいたかもしれない。

六人は草の生えた建物のあいだの通路を歩き回る。二ヵ月前、ここには何千人もの成人男女と子どもたちがいた。六人は鉄条網の内側にいるかぎりは、自由にどこへでも行くことができる。空になった床板が並ぶ大きな建物は、いったい何に使われていたのだろう、と彼女たちは思う。自分たちが来る前に、誰がここで寝ていたのだろうか。内部には、落とし物がたくさんあった。このイニシャルを縫いつけたハンカチは誰のもの？　この藁にもぐって寝たのは誰かしら。裏返しに倒されたテーブルの下に残っているフォークで食事をしていたのは？　この人形は誰のもの？　収容者が製作した木製家具もある。たまたま手に入った道具で手作りしたもので、釘で打ちつけられた三脚の椅子は、日々の生活をちょっとでもよくするためのものだ。でも、誰のために？　壁や床板やベッドフレームの材料となっている木材を彫り出した人たちは、ミニチュアの船も作って、訪問許可が出た際に子どもたちに渡した。そうした船のひとつが、誰にも渡されることなく、毛布の海を漂っている。ほかの収容者が連れ出されていくのを見たあとで、バラックに残された収容者が彼女たちに何と答えたのか、わたしにはわからない。名前はなんていうの？　何歳？　一緒に遊ぶ？　子どもたちはできるかぎり、少しでも楽しみを見つけようとする。六人と同じ第一六バラックに起居していた大人たちは、彼女たちと同じように、ぬかるんだ通りにうんざりしていたし、余計なことを言うよりはと、おしゃべりよりも黙りこむことを選ぶ者もいた。彼らはユダヤ人の出自に加えて、さまざまな理由で目をつけられた係争中の人間や、芸術家や、一時的に保護された政治活動家などで、まだこの収容所に残っていた人たちか、あるいは少女たちと同じように遅れて連行されてきた人たちだった。彼女たちはもう一度扉を押して、それが開いてくれないかどうか確かめる。もしかしたら鍵を閉め忘れて、難破したカラベル船の荷物のように、散らばった譜面のように、開いたままかもしれない。もちろん、扉が閉まっていて、かんぬきが掛けられていることは知っている。何も起きないのだし、ここに来ることは禁じられている、だが、そこで何かが起きたことは見ればわかる。あまりに少ない人数に対して、あまりにたくさんの空っぽのバラックが建っているのだ。彼女たちと生活をともにしている収容者のなかには、朝になっても、眠れなかった人のように腫れぼったい目をして一点をじっと見つめるような目つきをする人があまりに多かった。

夜になると、彼女たち六人は同じ床板の上に横になり、藁に沈んで寝た。ほんの少し前まで、彼女たちの周りには二〇〇人以上の人間がいて、二〇〇の寝息が同じ夜のなかで、さざ波のようにこすれ合い、包み合っていただろう。その音はもう聞こえなかった。

彼女たちの一方がムルグさんの家で、もう片方が学校の長休みの時間に校庭で連行されてから、六人の女の子は絶え間ない監視下に置かれていた。監獄の収監者名簿でも、収容所の入口の登録簿でも、六つの名前は二日前からいつも一緒だ。コルマン家のミレイユ、ジャクリーヌ、アンリエットと、カミンスキ家のアンドレ、ジャンヌ、ローズ。彼女たちはいつも六人一緒だったのだろうか、それとも年齢の近い者同士でペアを組んでいたのだろうか。ジャンヌとミレイユはどちらも一〇歳で、いつも一緒だったはず。七歳のローズは五歳のジャクリーヌとペアで、最年長の一三歳だったアンドレは、最年少の三歳だったアンリエットの面倒を見ていたのだろうか。それとも、家族同士で固まっていたのだろうか。あるいは、まんなかの年齢にいる四人、つまりジャンヌ、ミレイユ、ローズ、ジャクリーヌは一緒に遊んでいたのだろうか。こうした並べ替えや場所の交換は、二カ月のあいだに、草や泥にまみれた子どもならではの星座をかたちづくっていく。六人の女の子の名前が、互いに呼び合い、探し合う声がバラックに響いている。

毎朝、アンドレは大きなたらいを中央の通路まで引きずっていき、そこで二人の妹たちとほとんど妹たちの三人が服を脱ぐのを手伝ってやった。ベッドフレームの前に五人を並ばせて、水をかけてやる。一〇歳のミレイユ、一〇歳のジャンヌ、七歳のローズ、五歳のジャクリーヌ、三歳のアンリエット。アニメ『ダルトン兄弟』のキャラクターのように、冷たい水を浴びて葦笛《パンパイプ》のような鋭い叫び声をあげたにちがいない。浴室などなく、日曜日以外はお湯もなかった。石鹸もないので、アンドレは石鹸を持ってこようと思ったのに、と考え、ひょっとしたらムルグさんが鞄の中にそっと石鹸を滑りこませていたかもしれない、と考える。彼女たちはそれぞれできる範囲で体を洗う。みんな自分でなんとかできたが、アンリエットだけはアンドレが体を擦ってやり、泡で洗ってやる。アンドレはみんなにもう一杯水をかけて、泡を洗い流す。前日と同じ服をまた着る。それはその前日にも、そのまた前日にも着ていた服だ。アンドレは末っ子の前にかがみこんで特別に世話を焼く。アンリエットはまだ身なりを整えることもできないし、何をするにも遅く、不器用だったからだが、なによりアンドレにとって彼女は「わたしの娘」だった。「わたしには五人の子どもがいる」と彼女はよく言っていたが、「アンリエットはわたしの娘」と言い直した。

彼女たちはふだんの生活からも、親や学校からも引き離され、歌に出てくる中世の街並みからも、静かな運河からも、本や散歩からも引き離されて、この制限の多い場所をうろついていた。ここで何が起きたか、答えてくれた人はいるのだろうか。質問は彼女たちに返される。大人たちは謎かけやトランプに打ちこんでいる。子どもたちはトランプのバトルをやったり、食堂棟の奥や、第一六バラックの空いている寝床など、そこここに打ち捨てられた本を読んだりする。たぶん、子どもたちをこんな風にほったらかしにしておくのは良くないと思って、彼女たちの年齢にふさわしいものをあげたり、またはここの生活とは別のことを語っているものなら何でもいいだろうと考えて本を渡す大人もいたはずだ。音楽家のヴォルムスもきっとそんな一人だっただろうし、歌手のマルグリット・ソラルもそうだ。「ほら、見てごらん。これなら気に入りそう?」そう言って、がっしりしたヴァイオリン奏者の手が、そして肉づきのいい歌手の手が、ニクタロープとノー・ミタンが活躍する『エヴェレスト山』が連載されていた『最新情報《ラクチュ》』誌を手渡す。あるいは、この年の収穫でもある『最初の綱渡り』や『鸚鵡の島』のような冒険小説を渡したかもしれない。あるいは、地下出版されていたサン・テグジュペリの『戦う操縦士』なら、禁断の味が天から落ちてきたように思えただろう。

たぶん彼女たちはほかにも、推理小説とか、過ぎ去った年の出来事を記した新聞など、退屈を紛らわせるための本を見つけたはずだ。だが、あまり夢を見過ぎてはならない、とくに彼女たちは世界と言葉から見放されているのだから。マドレーヌ・ロランという赤十字の看護師が来るときだけが、外界との唯一の接触の機会だった。五〇歳ぐらいのピティヴィエ出身の女性で、この収容所に来るずっと前に、銃後に送られてきた第一次大戦の負傷兵の手当てをしたことから、彼女はこの仕事を始めた。当局から訪問許可を得るのに、大変な苦労をしていた。しかし、彼女は週に一回訪れることを認めさせ、チョコクリームを配ることにこだわった。この時期の六人にとっては、これは本当に最高のごちそうだった。彼女たちが収容所にやって来る直前、「ロランさん」は一九四二年の夏のあいだじゅう、ピティヴィエで働いた。見た目にはわからないが、彼女の眼には死体があふれかえり、頭と喉は重度の赤痢や猩紅《しょうこう》熱やジフテリアや百日咳や麻疹でいっぱいだった。男たちが雨よけの下で髪を刈られるのを待つ姿や、女たちがもう二度と会うことのない子どもたちに向けて叫んだ言葉が有刺鉄線に引っかかってむき出しになっているのを見た。収容される側でも収容する側でもない珍しい立場にあって、救済を謳いながら不十分でしかない組織の代表として、彼女は、人道目的で契約を結んだにもかかわらず、権力の濫用がこれ以上ひどくなり得ないほどの状態で起きるのを目の当たりにした最初の世代となった。組織は集団としてできるだけのことはしたが、現場の人間は意思決定の中枢から遠く離れており、彼ら独自の指針に従って行動していた。証言によれば、ロランさんは明るい足跡を残した。毎週、彼女は六人の女の子たちと面会し、缶詰の空き缶にモンブラン印のチョコクリームを入れてあげた。帰るときに振り返ると、六人は中央通りを遠ざかっていく。そこには遊具もなければ、彼女たちの面倒を見る大人もおらず、二〇棟の扉は固く閉ざされていた——第一六バラックと食堂棟を除いて。

ある朝、六人のうちの一人、おそらく年長の二人のうちのどちらかが、少しひとりきりになりたくて飛び出し、凍えずに本を読める場所を探しているうちに、少し戸板の曲がった扉の取手を見つける。中に入れれば、ゆっくり過ごせるはず。ついに立ち並ぶ建物の一つに入れると思うと、面白くなってくる。近づいて扉を押すと、すぐに開いた。敷居をまたぐと、そこでは静寂の質が違っていて、空気が動いたことを感じる。光は木組みの下でいつものようには広がっておらず、まるで障害物のせいで砕かれたみたいだ。顔を上げる。天井の中央から、収容されていた男のひとりがぶら下がっている。第一六バラックの前で唾を吐いていた男だ。最期の頃には長くなり過ぎた自分のベルトを使っていた。年齢は四〇歳くらい——それは昨日までの年齢で、いまではもう一〇〇〇歳になり、ミイラのような顔つきだ。トランプを扇型に広げる器用な指先、退屈だった午後に彼女たちに本を渡してくれた手は、腕の先で膨んで垂れ下がっていた。

六人のうちのひとりは敷居で立ち止まり、見開いたままの目がここで見たもの、濁った角膜の裏で、虹彩のそばに早くも生じてきた黒いしみの中に閉じこめたものが何なのか、わからないままでいる。視線を下ろすと、男のポケットに入っていた本が、その足元の三メートルほど下のところに落ちている。本は影のように、または漏らした尿のしみのように、ぶら下がった体の場所を地面のうえに描き、床に押しつけられたページが、目に見えない単語をはてしなく呟いていた。

収容所は一挙に空っぽになったわけではなかった。一万二〇〇〇人の人間を集めて死へ送り出すのには、三カ月かかった。この人数は隣接するピティヴィエ収容所の収容者も含めた数だ――「大バラック」と呼ばれた巨大な格納庫は二五〇〇人を一度に収容することができたが、そこに集められた男女と子どもたちには寝袋ひとつなく、水道設備も皆無だった。この一万二〇〇〇人は全員、ピティヴィエ＝アウシュヴィッツ間をつなぐ特別路線で送り出された。子どもたちの場合は、ピティヴィエ＝ドランシー＝アウシュヴィッツという経路だった。

三カ月という時間は、ハヴァとリソラとナタンの出身地ピョトルクフのゲットーの強制退去に比べれば、ゆっくりしたものだ。そこでは一九三九年以降、ユダヤ人は唯一の居住区をあてがわれ、一九四二年三月になると永続的にその中へ閉じこめられた。それ以前に逃亡していないかぎり、ハヴァやリソラやナタンの家族や友人は、わずか数本の通りしかないこのゲットーという閉鎖空間に押しこまれたと考えられる。この罠に落ちた人々の大半は四回の列車編成でトレブリンカへ送られた二万五〇〇〇人のなかにいた。一回につき六〇〇〇人がピョトルクフ駅に呼び出され、銃を突きつけられて、鉛の封印を解いた貨車内へ押しこまれた。それが四日連続で行われたのが一九四二年一〇月のことだった。四日間で、ほとんど誰もいなくなった。通りも家も空っぽだ。フランスではもっとゆっくりしていたが、じきに追いついた。避難するためにやって来た国から、ハヴァとリソラとナタンは同年七月、つまりピョトルクフのユダヤ人より三カ月早く、彼らが生まれたポーランドへと移送された。

ロワレ県内で彼らが過ごした収容所は、逮捕されるよりずっと前から稼働していた。収容所は人の目から遠く、虐殺体制が明るみに出るより以前に、もう満員になっていた。ボーヌ・ラ・ロランドに立ち並んだバラック群は、野原で居眠りしている犬のごとく、一九四一年五月、あくびしながら三七〇〇人の男たちを飲みこみ、一日、一ヵ月、一年と時が過ぎても気づかれることなく、彼らをそこに囲いこんでいた。最初期の収容者は男性のみで、そのため長きにわたって、自分たちはいずれ強制労働へ送られるのだという幻想を信じていられた。これら成人男性はフランス国籍を保有しないという欠陥と長所を併せもっていた。つまり、フランス人に対して、彼らには関係のない話だと思いこませることができたのだ。

彼らの大半はパリかその近郊で捕まっていたが、彼らを捕えるために県庁は「状況調査」のための出頭を命じる緑色の長方形の書類を発行し、各区の警察署はその書類を彼らに向けて郵送するだけでよかった。「緑札」と呼ばれた召集令状は、誰か一人を選んで一緒に連れて来るように要請していた。そうすれば、連れて来られた友人や同僚やまだ召集されていない妻たちが、理由も終わりもはっきりしない幽閉に必要と思われる衣類や本や所有物を、すぐに自宅へ行って取って来させることができるからだ。

その日のうちに、ロワレ県にある二つの収容所、すなわちピティヴィエに一七〇〇人、ボーヌ・ラ・ロランドに二〇〇〇人が、列車で送りこまれてきた。「緑札」の男たちは、しばらくすると家族の訪問を受けられるようになった。近隣のビート畑からは、何週間にもわたって女と子どもを乗せたバスや列車がやって来るのが見えた。彼女たちは収容者を抱きしめ、何をしているのか、何が欲しいのかを尋ね、出て来るのを待っていると約束した。パリやその近郊にあるアパルトマンに留まっていいと言われ、家や職場や学校にいれば安全だと言われた女と子どもたち――だって、女と子どもなのだから。収容所で、まる一年、男たちは待った。カメラマンだったポール・エンゲルマンは、婚約者の訪問を受けた。彼女がこっそり手渡したカメラのおかげで、収容所の映像が今日のわたしたちまで伝わっている。それは、鉄条網とバラック群のあいだを感知されずに飛び回った動物のように、ベッドフレームの支柱にくっついて、五分間にわたって、自分の方に身を起こした男たちの顔を捉え、スープを待つ行列に沿って動き、トランプゲームに興じている机の上に落ち着く。映像の最後には、わたしが車を停めた二つの白い給水塔が写りこんでいるが、画面がぶれているせいで、撮影者からカメラを返された婚約者が鞄に入れて持ち帰る前に、そして彼自身が連れ去られ、殺される前に、塔はほとんど崩れ落ちそうに見えた。

時の経過とともに、ほかの画像も収容所の外へ出てきた。ある写真で、白いハンチング帽をかぶり、バラックの壁と柵の前でトランプをしている男性がシュズムル・ルーヴァンであることを、資料集を見た彼の娘のポーレットが発見した。彼は第六番列車で移送されることになる。彼の左側に写っている白シャツを着たハスキエル・キュキエと、右側に写っているヴィリー・モスゼック・ゴルシュミットは、第五番列車で移送されることになる。写真には半袖シャツを着た四人目の男も写っている。髪はぼさぼさで、煙草をふかし、カードを手元に持って、眉をしかめながらレンズを見つめているが、それは彼なりの半笑いなのかもしれない。ポーレットは彼が誰かわからなかった。彼女は「ママ（ブルマ・ルーヴァン）はパパを本当に愛していたので、できることはすべて試し、収容所から出られるように四方八方にはたらきかけました」と書いている。男たちは待っていた。別の写真では、ツァルマ・ヴォジャコフスキが、バラックの建物間の草むした小さな通路で、小さな机の前に座っている。白い紙とインク壺、そして妻と二人の娘の写真を目の前に置いて、万年筆を握り、たぶん三人に向けて手紙を書いているところへ、写真家が訪れたのだ。彼らは待つ、そのあいだに彼らのいかにも外国人らしい名前、子音がぶつかり合うポーランド系の名前が名簿へ登録されたが、その目的は彼らにはわからなかった。待っているあいだに彼らが感じた死ぬほどの退屈と、事態がわからないことの不安は、わたしにはうまく思い描くことができない。収容所の運営者は、近隣の農家へ無償の労働力として彼らを派遣した。県庁は、もし従わなければ家族に害が及ぶかもしれないという彼らの恐れを利用して、嘘をつき、収監に先立っていやらしい脅かしと辱めの罠をかけてきたが、その命令に従った以上は、ただ待つしかなかった。

この物語を理解しようとし、わたしの小さないところたちや、彼女たちより前にピティヴィエとボーヌ・ラ・ロランドの収容所にいた人たちに起きたことを言葉にしようとすると、あんなことが起きるのを許した無造作な態度と残酷さのしるしがいくつも積み上がるのを発見し、わたしは自分が知恵の面で彼らよりずっと優れているとは思えなくなる。自分の子どもたちや自分と同じくらい大切な友人に伝えたい唯一の教訓があるとすれば、それは国家がどれほど堕落した嘘をつけるかということに気づくべきだということだ。保護すべき人々を殺害するのに、何の良心の呵責もなく書類に警察の証印が押され、副知事は光栄にも知事殿に、あるいは知事はお辞儀して大臣に、彼らの署名入りの連行児童名簿を渡すのだ。

緑札の、人を見下した手続きの結果が、一年二カ月の幽閉だった。子音がぶつかり合う名前をもった男たちは、木材がむき出しの小屋が並ぶピティヴィエ収容所と、元はサッカー場だった草ぼうぼうのボーヌ・ラ・ロランドの収容所を離れた最初の人々だった。彼らの身体、彼らの足音と声は、三週間のうちに第四番、第五番、第六番の列車に乗せられて消えていった。代わりに来たのは、パリで検挙され、二つの収容所の空きが出るまで、楕円形の冬季競輪場《ヴェル・ディヴ》で待たされていた家族たちだった。第六番列車へ人々を詰めこんでいる最中に、フランスとドイツの当局者は、緑札の男たちだけでは、毎回一〇〇〇人を運ぶという目標を下回りそうなのに気づいた。そこでディジョンからヌヴェール、オクセールからモンタルジに至るまで、新たな狩り立てが命じられ、一九四二年七月一七日、ピティヴィエ駅のホームに九二八人を集めることに成功した。そのなかに、ハヴァ、リソラ、ナタン、エリアもいた。

列車が旅立つたびに、収容所は空っぽになった。ヴェル・ディヴから来た八〇〇〇人は、パリの家族連れが多く、大人の男女も子どもも、フランス人も外国人も混じっていたが、彼らが来たとき、そこはすでに空っぽで、緑札によって召集された三〇〇〇人とすれちがうことはなかった。わたしの小さないとこたちは、彼女たちより以前にいた、ヴェル・ディヴ事件で検挙された家族たちと会うことはなかったし、最後まで残っていた子どもたちとも会わなかった。

子どもたちに関しては、当局にもためらいがあった。移送すべきか、移送すべきでないか。当初ははっきりしなかったが、彼女たちが着いた頃には、もう問題は解決されていた。

最初の頃は、ピエール・ラヴァル首相の要求に反して、ドイツ側は子どもを移送したがらなかった。フランス政府の首班は家族が離ればなれにならないことを望み、そのためには子どもたちを一人きりにしないことを求めた。ドイツ側では、収容所に生きた子どもたちを抱えたくなかった。それよりは、子どもはすぐに処刑すべきだと考えていた。だから、焼却炉がアウシュヴィッツの一基のみだった一九四三年三月までは、ほとんど大人だけを移送していた。一方、この七月にフランスでは、家族をばらばらにし、生存をめぐる年齢分けについて言い訳をしてあいまいにし、何千人もの人間を食糧も衛生管理もない狭い空間に押しこんでいた。それは線路の終点で機能を強化しつつある死体処理能力の論理的帰結だった。

ドイツ司令部のはっきりした回答を待っているあいだに、フランスは、子どもを親と一緒に移送する方がいいのか、それとも、子どもは家族と引き離して、まず親を移送し、後で子どもを移送する方がいいのか、という議論が交わされる決定機関となった。一九四二年七月の第二週には、まだこの議論が宙づりになっているのに、ボーヌ・ラ・ロランドとピティヴィエでは、子どもたちが親から引き離された。オルレアン知事からロワレ県内の収容所長に宛てられた手紙があり、そこでは子どもたちの処遇を保証するために追加処置を行うことを約束しているが、一言として本当のことではない。鉄条網の内側では、ヴェル・ディヴから来た四一一五人の子どもたちが大人と引き離されていた。

これは七月と八月、夏の盛りに起きたことだ。その頃、子どもたちはあちこちで集まって、田舎に行ったり、林道を歩いたり、海辺の家で過ごしたり、夏休みのキャンプに参加したりしていた。それは、人民戦線が苦労して獲得した夏のヴァカンスの陽射しのもとで起きた。ヴァカンス獲得に貢献した政治家のうち、すでに何人もが潜伏したり、銃殺されたりしていた。この物語の年代記は、世俗主義とキリスト教それぞれの夏のカレンダーに縫いこまれており、検挙と移送の大部分は、七月一四日の革命記念日と八月一五日の聖母被昇天の祝日のあいだに、つまり半袖シャツと水着のあいだに予定されていた。

三〇〇〇人の子どもたちが親なしで、そして大人自体もほとんどなしで過ごす場所とは、いったいどんなものなのだろうか。起伏のない平野に建てられた、下水も食糧もほとんどない収容所とは、どんなものなのか。大都市の小学校で、長休みに校庭で騒ぎ回っているのは、だいたい三〇〇人から四〇〇人くらいの子どもたちだ。その一〇倍である。しかし、そこには騒ぎ声はない。現場にいた民生委員のなかには、親が連行されるのを子どもたちがどんな風に見ていたか、どんなに風に彼らが引き離されたかを語る人もいる。彼女たちが日記に記したところによると、子どもたちははじめは叫び、涙を流したが、ある時点から、もう何も言わなくなったそうだ。それでも、質問を受けることがあった。「マドモワゼル、どこへ行けば両親と一緒になれるんですか。ぼくはひとりぼっちで、九歳半です、知りたいんです」「マドモワゼル、お母さんたちに会えるのはいつなんですか」「暇つぶしに何か書きたいんです。気が変になりそうです」「ひとりぼっちで、頭がおかしくなります」

救済をもたらすことは不可能だった、と彼女たちは語る。年齢はさまざま、一歳になったばかりの子から一三歳、一四歳まで、みんな赤痢になり、麻疹やジフテリアや、バクテリアが肌を荒らして膿んだ傷跡を残す膿痂疹《とびひ》に罹患した。草を食べ、親たちはどこにいるかとまた問い、そして何も尋ねなくなった。嘔吐した。虱《しらみ》にたかられて痒い肌を掻きむしった。

八月一三日、ドイツ側から「児童の移送許可」の電報が届く。そして、八月一五日から、移送列車はどれも子どもだけを乗せるようになる。この電報に先立つ交渉では、ドイツ当局は子どもだけの列車編成を望まず、子ども五〇〇人に対して大人三〇〇人という比率でなければならないとした。しかし、たいていの場合、親たちはすでに移送され、子どもたちは知らない大人と同じ列車に乗せられることになった。警察がそうした大人を入れたのは、列車が通るのを見た人に対して、家族は引き離されていないという印象を与えるためだったが、実際には、それはショーウィンドウのマネキン人形の寄せ集めのように作り上げられた集団だった。ドランシーへ立ち寄るのは、収容されている大人を列車に乗せて、比率を再調整するためだった。八月一五日の編成は、親なしの子どもを最も多く乗せた列車で、一〇五四人の子どもに、二一八人の大人の女性と五人の男性が乗せられていた。続く八月一七日と八月二二日の列車では、要求された比率はほぼ守られ、それぞれ三〇一人の大人に五三〇人の子ども、四二六人の大人に七七九人の子どもが乗っていた。最後の列車では、もうロワレ県に残る大人の収容者が全員移送されたため、比率達成は遠のいた。八月二五日、完全に子どもだけの八〇〇人に達する列車が、ドランシーに到着する。そのうち三六〇人は、翌日にはもうアウシュヴィッツへ送られ、四二七人が二日後の二八日に送られた。

ドランシー駅で降ろされた子どもたちは、バスに乗せられる。列車の扉を開けたとき、子どもたちには虫の大群がたかっていた。「アーリア人女性と結婚」していたために移送を免れ、強制労働の一環として事務作業を言いつけられ、収容者たちの日常生活をとりしきる立場にあったジョルジュ・コーンは、八月二八日の列車を迎える準備について日記に記している。「老人や身体障害者、病人たちと一緒にされていた」五〇〇人の子どもたちは、ひとりずつ名前を呼ばれた。「翌朝出発予定の収容者を真夜中に点呼したとき、ある名前に対して、三歳半の男の子が荷物も毛布も何もなしで、バスのそばで待っていた列に向かって、しっかりとした足取りでひとりで一〇〇メートルの距離を歩いてきた」

別のときには、子どもの名前がわからなくなることもあった。列車に押しこまれた子どもたちのなかには、なんという名前なのかもう自分でもわからなくなる者がいた。子どもたちの父親と母親を移送する際に、子どもたちの識別を容易にするために、まるで小学校の初日のように、とりわけ小さな子どもの名前を服やブレスレットに書きこんだり、コートに縫いこんだりした。わたしは、産科医院で赤ちゃんが誕生した際に、取り違えを防ぐために付けられる腕章のことを思う。風俗喜劇が好んで取り上げる、あの王子と羊飼いの子の逆転をめぐる存在論的不安を防ぐための腕章。だが、腕章の名前はよく消えていることがあり、わたしが小さかった頃、学校の中庭で、ビー玉やメンコ、パニーニ社のシールを交換したように、幼い子どもたちは、それを貸し合って遊んでいたかもしれない。親が行ってしまうと、子どもがなんという名前なのか、もう誰にもわからなかった。

九月二三日、ロワレ県からの最後の列車が出発した。それ以来、ピティヴィエ駅は移送用の駅としては使われていない。旧サッカー場の泥の上に浮かぶ一〇棟の木造納屋から成るボーヌ・ラ・ロランド収容所と、大バラックをもつ姉妹施設としてのピティヴィエ収容所は、その役目を終えた。数キロ離れたジャルジョーでは、ロマを何百人も収容していた。彼らは戦争が終わってもなお数カ月、幽閉を強いられ、収容所から出られなかった。一九四二年七月および八月に、年齢、性別、国籍によるいかなる選別も撤廃されると、以後のユダヤ人移送はすべて、パリのレピュブリック広場から北東わずか一〇キロに位置するドランシーを起点とするようになった。

夜になると、食堂棟のテーブルを囲んで、まだ六〇人ほどが残っていた。かつては一万二〇〇〇人の収容者がいたのに。

そのなかで女の子たちがいちばんよく覚えていたのは、劇場や舞台の世界に関係する芸術家たちだった。すでに見覚えがあったのは、「ジョニー・パルメール」や当時の流行歌をギター伴奏で歌ってくれた音楽家のヴォルムスと、歌手のマルグリット・ソラルの二人だった。もう一人、舞台芸術の夜の世界ではかなり有名な男がいて、その名をマックス・ヴィテルボといった。彼は劇作家で、カフェ・コンセールのための歌を書き、パリのシガール座の支配人だった。それから、少し年老いた、ペンネームのような「ジャンヌ・モントフィオールさん」もいて、この人は子ども向けの本の作者だった。ジャンヌ・モントフィオールは彼女の本名で、収容所の名簿にも、移送者リストにもその名で載っている。

海辺から遠く離れた、泥まみれのこの収容所に、海軍の将校までが入れられていた。カナパ大将という名前は、ここの集まりのなかでは、コメディー・ミュージカルの配役みたいな響きをもっていたが、れっきとした大将で、ドレフュスのようにフランス当局が感謝の念をもって配属した高位のユダヤ系軍人だった。

また、収容所では精神科医のアデライド・オーヴァルにも出会った。プロテスタントの司祭の娘で、アルザス出身、医務室で暮らし、働き、寝泊まりしていた。彼女は背が高く、短い髪に骨張った顔立ちで、目立たないわけにはいかなかった。三六歳の彼女は、四月にヴィエルゾンで境界線を越えようとして逮捕された。だが、彼女がここに収容されたのは、単独で自発的に行ったたレジスタンス行為のせいだった。ブールジュ刑務所で同房になった、検挙されたばかりのユダヤ人に対する扱いに抗議して、紙で作った黄色い星を自分の上着に針で留め、前言撤回を拒んだ。そのため、「ユダヤ人の友」として、六月にピティヴィエ収容所へ、そして九月末に、つまり少女たちがやってくる一〇日前に、ボーヌ・ラ・ロランド収容所に送られてきたのだった。彼女はいつも医務室で夕食を取るわけではなかった。ときには食堂棟へ赴き、会合に参加したり、収容者と食事をともにしたりした。

子どもたちは一五人ほどいて、そのなかにわたしたちの六人がいた。

こうして即興的に、お互いに思ってもみなかったメンバーで結成された一座が、日曜日になると、コンサートや朗読会を開いた。

自殺者を縄から下ろし、遺体を埋葬のために運び出すような日には、誰かが弔辞を述べ、何かのテクストを読み上げた。その人の名前を呼んで、生前に聞いた思い出を語り、その人が好きだった人や物事について、少し言葉を述べた。

最初の夜の最初の夕食が終わり、食堂棟に漂っていた共同の楽しみが過ぎ去っていく頃、子どもたちは女性の声が「もうちょっとここにいなさいよ、そんなに寒くないから」と呼びかけてくるのを聞く。子どもたちは振り返り、入口のところで立ち止まり、誰が声をかけたのか確かめようとする。内部にはもう誰もおらず、揺れる石油ランプに照らされたテーブルや、釘が浮いた無人の椅子がいくつか見えるだけだ。

夜が粉のように見張り台の下に落ちてくると、女性が言ったことは本当じゃないとわかった。

外は寒く、第一六バラックは、まだ道をよく知らない者には、暗がりのなかで遠く感じられる。だから、子どもたちはほかのグループと離れないようにした。寝床へと急ぐ最後の収容者たちが見える。彼らの腹は子どもたちと同様に空っぽで、今にも浮かび上がりそうなくらいだ。

子どもたちは彼らについていきたかったが、その女性から離れようとしても、気になって、彼女の顔から目を離すことができなかった。バラックの入口の敷居に立つその人の顔は、後方のハリケーンランプの光ににじんだ黄色と灰色のカメオ細工のように浮かび上がった。しわと隈のできた顔は、目の周りと頬におしろいがのっぺりと固まって葉脈のようにひび割れており、肌の病気やしわや傷跡やそばかすがそのまま残っていた。ジャンヌ・モントフィオールはウールのショールを肩まで引き上げながら、「寒くないよ」と繰り返し、ショールを胸のところで留めて、両手が自由になると、モリエールの芝居に出てくる小間使いが着ているような、ナイトローブのような、ゆったりとした服のポケットの奥を探った。そして、煙草を一本取り出して火を点けると、その光が爪と唇を赤っぽく照らし出した。彼女は小さなジャンヌの肩に手をかけて、「ロバンと獣たちのお話は知ってる？」と訊いた。幼い子どもたちは何のことかわからず、お互いに顔を見合わせた。すると彼女は「わたしが書いたお話よ」と言い直した。もちろん、誰も返事をしなかった、すべてを読み尽くしている人などいないのだから。それに、もし家にその本があるという子がいたとしても、その子が返事したかどうかはわからない。彼女は話を続けたが、少し強がっているのが感じられた。「聞いたことないの？　あんたたちと同じくらいの歳の男の子の話よ、ロバンといってね、動物園の管理人の息子なのさ。そういうわけで、ロバンはお父さんとお母さんと一緒に、動物園の内側に住んでいて、塀に囲まれて暮らしていた」そう言うと、少し考えて、

「ちょっと、ここみたいね、実際のところ」と言った。「おいで、ぐるっと一周してみましょう、塀に近づきすぎちゃいけないけど、注意すれば大丈夫」ジャンヌの手を引くと、一メートルほど前に踏み出した。彼女の姉妹とほとんど姉妹が近づき、ほかの子どもたちもそれに倣った。塀と鉄条網に沿って歩き出す。「ロバンたちの家は動物園の真ん中あたり、ゴリラの檻とカバのお堀のあいだにあるの。毎朝、ロバンは熊のところへ出向き、餌を運んでやる。そして夕方、学校から帰ると、ペリカンや黒雁が宮殿のように天井の高い飼鳥園の中を飛び回る羽音を聞く」

わたしはその本をフランス国立図書館で見た。無地の布地でできた表紙に花とピンクのムシクイが二羽描かれているのは、アシェット社の「白色叢書」に共通のイラストだ。序文を書いているアンドレ・ドゥメゾンは、植民地にいた頃に発見された野生動物を賛美して、作家として財産を築いた人物だ。ジャンヌが収容されていたこのとき、彼はヴィシー政府の国立ラジオ放送の局長にまで上りつめようとしていた。本を開くと、ロバンと両親との静かな生活を描く流麗な線の白黒版画が挿絵として載っている。彼らの住む動物園は、あらゆる不幸から守られたミニチュアの惑星であり、どの章でも、はつらつとして機嫌のいい新しい動物との出会いと冒険が語られている。

ジャンヌはついてくる子どもたちにこの本を思い出して語る。草の匂いが強くなり、空気は重くなると同時に冷たくなり、濡れたウールのコートを肩にかけられたときのように身震いさせる。ジャンヌ・モントフィオールは、足を濡らした聴き手の子どもたちと散歩を続ける。「ロバンは、手長猿が自分の檻の鍵を持っていて、夜中に自由に歩き回っていることを知っている、唯一の人間。なんで知っているかというと、手長猿がときどきロバンを散歩に誘うから。寝室の格子窓を叩いて迎えに来ると、二人は動物園中を歩き回るのよ……。そして朝になると、ロバンを寝室に戻してから、自分の檻に戻るの」

それからしばらく、ジャンヌは午後と夜に、収容所内をうろうろしている子どもたちを集めては、連載小説のように続くお話を語りながら、散策へ連れ出した。子どもたちは彼女を「おばあちゃん」と呼ぶようになり、この新しい芸名のもとで彼女がしたお話は、アンドレがわたしに言ったところによれば、「いつも希望に満ちあふれていた」そうだ。とくに脱走劇にすぐれていた。境界線を突破する囚人は、列車の中に隠れたり、司祭や農園主の協力を得て干し草を積んだ荷車に潜りこんだりする。あるいは、まさにその一〇月にわたしの祖父母と伯母がしたように、歩いて山を越える。

彼女たちが収容所に着いてからまもなく、「おばあちゃん」の周りにいたグループに入ってきた子がいた。ジャン・マリ・アルベールは、ドイツ兵に手を引かれてやって来た。アンドレの記憶と、彼女があとになって語り直した話、それにCERCILで見つけた情報を総合すると、ジャン・マリがたどった道は、彼女たちとよく似ていて、それよりさらにひどかった。両親が七月に検挙され、路上に取り残された彼は、保護施設に収容された。それから、彼の両親をオルレアンで少し知っていたという人、つまり両親の上司にあたる人が彼を保護したいと名乗り出て、ぎりぎりまで自宅にジャン・マリを匿《かくま》っていた。最後には、この上司もトゥールの刑務所へ送られた。この証言からわかるのは、恐ろしい状況を見て彼を養子にしようと思い至ったものの、同じ恐怖がそれを中断させたということだ。やって来たその子はとてもかわいかった……。みんな彼の服装に注目した、というのも、連行されるまで、上司夫妻は彼をとてもかわいがっていたから。アンドレの描写によれば、「彼は青いぼかし模様のコートを着ていて、コートにはブルーマリンのビロードでできた襟と袖口と四つのボタンがついていた。それはアメリカ合衆国のケネディ大統領の埋葬の日に、その息子のジョン・ジョン・ケネディが着ていたのと同じようなコートだった」

一〇月一五日の夜、ジャン・マリは六人の女の子と同じ藁布団へ寝にやって来る。アンドレが姉妹とほとんど姉妹の身づくろいをし、パンを配ってやっていたところへ、彼は来たのだった。アンドレは彼を姉妹同様に「おばあちゃん」の散歩へ連れて行った。アンリエットと同い年だから、ちょっとは一緒に遊んだかもしれないとわたしは思うのだが、そんなに長い時間ではなく、いっぱい遊んだわけでもなかっただろう。ジャン・マリは疲れた様子で青ざめ、喉が痛いと不平を述べた。

一〇月一九日、ジャン・マリは備品の足りないアデライド・オーヴァルの医務室へ連れて来られる。患者の口を開けさせ、舌を出させて、燃えるような額を撫でた彼女は、それがジフテリアの兆候を示しているのを難なく認めた——アンギナの一種で、喉と扁桃の粘膜が白い膜に覆われ、発熱を引き起こす。アデライドはただちにピティヴィエの病院に搬送するよう要求する。搬送は拒否された。アデライドは食い下がった。深刻な病状だが、適切な時期に治療すれば良くなる病気だ。病院はすぐ近くにあるではないか。収容所当局は拒絶の一点張りだった。

二九日、父親の埋葬に立ち会った日のジョン・ジョン・ケネディに似ていた幼い男の子は、死んだ。その死はすぐに他の収容者の知るところとなり、「おばあちゃん」はまだ残っている子どもたちを連れて、収容所内のような泥の中でも咲いていたタンポポとアザミを摘んだ。そして、花輪を作り、棺の上に置いた。

夕方、食堂棟で子どもたちは次々に詩を読んだ。朗読者は食卓の上に立たせた。ジャンヌはマックス・ヴィテルボが彼女に託した詩を朗読した。「ひとりの天使がわたしたちのあいだで生きていた」と詩は始まる。小さなジャンヌは、書かれたばかりの言葉をできるだけうまく読み上げた。「人々から遠く離れた地へ彼は出発した／わたしたちのような狂った人間たちや／哀れな愚か者どもの王国を逃れて」この敬虔な詩を読むと、天に昇り、注意深い神に丁重に迎えられた子どもの姿が思い浮かぶ。養父母や乳母の手を離れ、刑務所や収容所を経て、彼は最後にようやく安定した避難所を見つけたと言いたくなる。最後の詩節は、死んで永遠となった子どもは、この地上にいるわたしたちのために幸福を準備してくれるが、神は「彼への宣告を準備する」、と結ばれている――これが、ジャンヌが読み上げた八音綴の詩の最後のことばだった。ジャンヌがどんな調子でこの詩を読んだのか、わたしにはわからない。恐れをもってなのか、それとも身に迫る危険を感じつつなのか、困惑してか、それとも納得してなのか。望まずして集まった聴衆のなかには、クラヴァンやゴロワーズといった当局から供託された銘柄の煙草の煙に包まれた「おばあちゃん」やほかの大人たちもいて、ジャンヌはみんなの前で詩を読んだ。たとえ病気であっても、たとえ三歳の子どもでも、ここから生きて出ることはできないということを、その全員が思い知った。

翌日、ジャン・マリの棺はオルレアンで彼を受け入れた夫妻のもとへ返された。両親の上司とその妻は、二週間にわたる警察との交渉の末、彼らが大切にしていた小さな男の子の亡骸を引き取るように呼び出された。その後、彼らはボーヌ・ラ・ロランド墓地に大理石の墓を作り、ジャン・マリの両親が戻ってきたときには、彼を見つけられるようにした。だが、両親は二度と戻ることはなかった。

アデライド・オーヴァルがアウシュヴィッツからの帰還後に書いた本を読むと、ジャン・マリ・アルベールの丁寧な描写が見られる。青いコートに身を包んだ子どもは、彼女が一九四六年からまとめ始めた証言集の冒頭に出てくる。この本の執筆は、彼女の心も肌もまだ汚辱の泥にまみれていた頃に始められたが、生前に出版されることはなかった。ジャン・マリは収容所の医務室で診察した最初の患者どころか──数日間を彼女の寝室で過ごしたこの「三歳半の仲間」、この「かわいくて利発な子」は、彼女がフランスで診察した最後の患者の一人だった。ジャン・マリは、彼女がまだ想像もしていなかった、ぞっとするような人々の群れを先取りして告げていた。

本は彼女の死から三年後、一九九一年に、レジスタンスの仲間だったアニーズ・ポステル・ヴィネによって出版された。その題名は恐るべき、しかし今日では誰もが知っている絶滅収容所の現実を反映していた。すなわち、『医学と人道に反する罪』、副題は「アウシュヴィッツに送られた医師の、医学実験への参加拒否」という。表紙に見られる「拒否」の一語は、アデライド・オーヴァルという人物を最もよく物語る言葉である。

彼女の回想と日記や書簡から構成されたこの本には、収容生活のすべてが語られている。ロワレ県はその始まりでしかなく、証言の中心部分は、彼女がアウシュヴィッツで経験したこと、とりわけヨーゼフ・メンゲレ、カール・クラウベルク、「その手下のゲーベル、ビューニング」といった拷問好みのナチスの医者たちとの対決だった。彼らは実験の体裁をとった拷問に参加するよう彼女に要求したのだ。アデライド・オーヴァルは、いかにしてそれを拒絶し、手を貸すとしてもいかにしてそれを限定し、できる限り協力拒否を繰り返したかを語っている。彼女は絶えず自身の生存とほかの収容者の援助を両立できるように交渉し続け、戦争を生き延びて、ナチスの犯罪者に関する審理における主要な証言者となり、ある場合には、彼らの審理が行われていないことへの主要な証言者となった。彼女は徹底して拒否する力を保ったが、憎しみとユーモアを忘れなかったことは、「わたしたちのなかには、一九五七年八月、キールの監獄でクラウベルクが死んだと知って深く安堵した者もいる」というある雑誌記事の書き出しからも窺える――記事は、外科診断のように「クラウベルク膿瘍」と題されていた。

フランス国内の収容所からアウシュヴィッツへの移動を医学的見地から記述するなかで、アデライド・オーヴァルは、ロワレ県における「貧弱化する生活条件」を伴う拘禁と絶滅収容所の深淵とのあいだの断絶を観察している。彼女は文中で最初から終わりを予言しないように気を配り、「漂流物のような」子どもたちや、ピティヴィエとボーヌ・ラ・ロランドの医務室で発狂した子どもたちの姿を通じて先を想像させている。

だが、彼女は医師であると同時にその身体を通じて、同じシステムの両端にある、予言の始まりを浮かび上がらせてもいる。衛生環境と手当ての欠如は、フランス国内の土から始まっていた。ピティヴィエ収容所の「雨が降るとすぐに泥まみれになり、穴だらけになって、人を消耗させる、考え得るなかでも最悪の土」と、一二棟のバラックの内部で発酵する汚れと不眠と叫び声。同じ身体機能で結ばれたこの場所を、彼女はみずからの身体のうちに捉えた。それはまるで、劣悪な衛生状態と感染症を共有することで、彼女が看護者としての自分の身体と患者の身体のあいだにある連続性を捉えたみたいだった。ジフテリアに罹《かか》ったことを姉に打ち明ける手紙には、研修室の楽しさがあふれている。「平凡な、古典的とも言えるジフテリアです、三年生の実習室のモデルにうってつけの症状です」医師としての感受性を通して、彼女はすでにそこにある、侮辱と放置のしるしを見つけ出す。たとえば、下痢の便があふれ出しているトイレ、天変地異を思わせるピティヴィエ収容所内の虱の大発生などだ。彼女は続いて、暗闇のなか、同類となった収容者たちとともに乗せられ、二〇キロメートルの線路を行くのに一三時間も揺られた、ボーヌ・ラ・ロランド行きの貨車のことを語る。みんな床に座りこみ、一つしかない容器には糞便が積み重なり、最後には難破したボートの遭難者が水を掻き出すように、缶詰の空き缶を使って中身を掻き出し、窓から放り出した。

こうした観察からわかるのは、この二〇キロメートルは、すでにポーランドまでの一〇〇〇キロメートルの一部だったということだ。ピティヴィエとボーヌ・ラ・ロランドはすでにアウシュヴィッツの一部だったが、だからと言って、最後にあそこへ連れていかれることになった人が、最初から死の刻印を受けていたわけではない――そのような見方をしていたのは、ただ処刑人だけである。もしそのまなざしから逃れようと思うなら、終わりについて知っていることを黙らせなければならない。もしあの少女たちをその年齢にふさわしい、子どもらしいうぶ毛に包まれた存在としておきたいのなら、彼女たちを今はまだ動いている死体として見たくないのなら、その日々の一つひとつに日常の次元を与えなければなるまい。彼女たちの道中のいかなる瞬間にもその日常を歪めていた異質性と暴力が、じつは絶滅収容所の方から響いてくるものであり、殺戮者が彼女たちを連れて行こうと決めたあの場所から反響し、放射されていたことをわたしは知っているが、それでもなお、彼女たちに見えない傷をあらかじめつけないために、日常性を追うのだ。通過収容所から児童収容寮まで、彼女たちが過ごした現実は、結末という震源によって変形した地殻のようなもの、あるいは目に見えない器官で発症した病気のせいで皮膚にできた水膨れのようなものだ。これはモンタルジで感じたことである。誰もが顔見知りの、まどろむような田舎町で、アンドレを逮捕しにやってきた警察官は同級生の父親だった。かつてサッカー場だった収容所跡のぬかるみに立ったときにも、そして孤児院に改装されたパリの保育園や高齢者施設を訪れたときにも、その感覚がよみがえった。場所や顔を変形させ、へこませる力はどこにでもあるのに、その力は決して目に見えない。子どもたちが変わっていくのはあたりまえで、子ども時代には異常なことなど存在しない、あるいはほとんど存在しないものなのだから、わたしが話している女の子たちも、日常の内側から物事を見ていたために、その力は目に見えなかった。何千キロメートルも離れた場所で起きた虐殺は、この日常をだまし絵に変えてしまう。このようにして、パリの地下鉄の駅に少女たちだけが立っている奇妙かつ平凡な映像を、やがて目にすることになる。彼女たちはホームの端にいるが、それはほかの乗客と一緒に乗ることを禁じられているからであり、コートには黄色い星を縫いつけられ、髪は丸刈りにされている。

わたしは車に戻り、帰路につく。このあたりは信じられないくらい、どこまでも平たい土地だ。

左右どちらを見ても、地球の曲面がわかりそうだし、端まで行けば、ガリレオ以前の惑星のように、無限の空間へ落ちてしまいそうな気がする。終わりのない平面には、なにか皮肉で残酷なものがある。畑の上に広がる空虚と何キロメートルにもわたって遮るものがない大気は、どこにも身を隠す場所がないということに気づかせる。積み上げた干し草の後ろに駆けこんで隠れようとしても、風が草を吹き飛ばしてしまうだろうし、納屋に入れば番犬に追い払われ、ぽつんと一本だけ立っている木の後ろでは、すぐに見つかってしまうだろう。頭上では、空がわたしを追いかけてくる。雲が金と銀の灰色の塊となって嵐をたくらんでいる様子から、ずっと遠くから驟雨《しゅうう》が近づいてくるのがわかる。その雲が今度は砕けて、音楽を満載した衛星のようなわたしのミニバンに降りかかってくる。その雲がすべて吐き出したときには、もう別の雲がそこにいて、輪郭線にわずかばかり残る陽光を捕え、渡り鳥の一群が通り過ぎていく。鳥たちはまるで雲の凸型を真似しているかのようで、やがて離ればなれになって一斉に羽ばたいたかと思うと、矢の隊形を取り、また一群に戻る。地上というよりも宇宙にいるような感覚だ。

ジェラルディーヌの家で夕食をともにし、遅くまで語り合う。ここ数年で、彼女の写真家人生の転機となった出来事について話してくれる。

ある日、彼女は機材を紛失した。数千ユーロもするカメラと何千枚もの写真、それに何日にもわたる仕事が、一瞬にして消え去ったのだ。その日の終わりには、ポケットのなかで手を握りしめて、仕事を続けるには、もはや自分の眼と何も持たない手しか残っていないことを理解した。

二年前には恋人を失った。オルレアンの産院で出産に関するルポルタージュの撮影を予定していた日に、なんとしても彼女に来て欲しい、と彼は願った。恋人たちは待ち合わせ時間を決め、電車の切符も予約したが、もちろんのこと、人の誕生は予定通りにいくものではないし、一日ずれることなど彼女にわかるはずもない。午前三時、もうすぐ父親になる人から電話がかかってくると、彼女は寝袋からふらふらと抜け出し、手を伸ばして着る服と仕事道具を探して、分娩室まで夜を駆け抜けたが、そのあいだ、もうひとつの待ち合わせのことを考える余裕などもうなかった。ただ、なんとしても出産の瞬間を捉えたかったのだ。

また別のある日、ある事務所がリヨン近郊の村にいる芸術家の写真撮影を依頼してきた。電話してみると、芸術家の女性の声が気に入り、何か聞き覚えがあるような気がしたので、ジェラルディーヌは行ってみることにした。家のドアを開けた女性は、彼女が二人目の子どもである息子を出産した際の助産師だった。カメラの前にあったのは、一二年前に自分の股越しに見たのと同じ眼、同じ手、そして息子を出迎えてくれた同じほほえみだった。

ようやく、わたしがわざわざ探しに来た女の子たちの写真をジェラルディーヌに見せるときが来た。彼女はそこに写っている死んだ女の子たちの顔をじっと見つめた。「それが、わたしの小さないとこたち」とわたしは言う。写真はどれも同じ日に同じ場所で、散歩中に撮られたものだ。アンリエットだけが写っている写真、三姉妹が草の生えた掘割の上で揃っている写真では、みんな白いワンピースを着ている。わたしはそれぞれの年齢と名前を言った。続いて、かなり違う雰囲気の、生き残った方の三人の肖像写真を見せる。それは彼女たちがパリで拘留されていたときに、写真スタジオで撮影したものだ。「あら、全然変わっていないわねえ！」とジェラルディーヌは感嘆の声をあげた。まるで古い友だちを見つけたみたいに、目を大きく見開き、はしゃいだ。「だって、この人たちのこと知ってるわ、来たんだもの。このわたしの家に来て、そこにある！」そう言うと、彼女は立ち上がり、写真ファイルを漁り始めた。そこから丁寧に整理されたネガの箱を一つ取り出すと、わたしの前に戻ってきて、箱を開けた。わたしは、秋の落葉みたいな、あるいは瘴気《しょうき》を放つ沼のような色の光のなかに目を凝らし、輪郭が浮き上がってくるまで、隣に来た彼女と一緒にネガを見つめた。ジェラルディーヌは同じ箱に入っている別の写真の束をほどきながら、この魔法の種明かしをしてくれた。数年前、ＣＥＲＣＩＬが肖像写真の展覧会を彼女に依頼したのだ。彼女は、同意が取れたロワレ県の生存者や移送された人たちの子どもなどを、自分のスタジオに呼んだ。可能な限り兄弟姉妹を集め、収容所の思い出の品を持ってくるようにお願いし、それらの品々も一緒に写真に収めた。

もう深夜零時を過ぎていたが、ジェラルディーヌは庭に下りて、カミンスキ姉妹を撮影した場所へ案内しようと言ってくれた。わたしたちは、船の竜骨のように軋む木の階段を下り、湿った舗石の上に出た。反対側には撮影スタジオがある。ジェラルディーヌが被写体を前に立たせるレフ板は、スポットライトと人物そのものの光を捉える。この世のものではないような深い灰色は、抽象的で、目立たず、人の顔だけが浮かび上がる。顔やしぐさや、手や肌が浮かび上がる。

このレフ板の前でポーズを取った生存者の姉妹は、時代によって彩色されていた。一九四〇年代の初めに撮られた白黒写真に写る、脂でべとついたシャツブラウスや、子どもらしい丸顔は、しわの刻まれた肌や、プリント生地や毛糸の服や、宝石や化粧や、老いた女性の顔色にとって代わられた。新しい写真には、さらにほかの身ぶりも見られる。少女たちが隣り合わせで無理なく支え合っていたのに対し、老婦人たちは動きを見せ、両側の二人は真ん中のアンドレの肩にしみのある手をかけていた。二つの写真を見比べてみると、黒い瞳のまなざしはほんとうに変わっていない。わたしが探している六人の女の子たちのうち、彼女たちは助かった方の三人だ。ジェラルディーヌのスタジオのガラス板から覗き見た彼女たちの老いは、腐食というよりも成長を表しているように見えた。あたかも、芽を伸ばし、花を咲かせ、苔をまとい、より多くの昆虫を棲まわせ、さらなる空気と光を捕まえた植物のような成長だ。

一九四二年一二月一〇日、六人の女の子は、ほかの九人の子どもたちと一緒に、ロワレ県の「釈放」対象となる。九人は彼女たちとともに収容所にいた子や、ピティヴィエの病院で治療を受けていた子たちで、いずれ迎えが来ることになっていた。

わたしが「釈放」という言葉を括弧に入れたのは、ジェノサイドの事務用語で言うと、フランス側が運営する収容所の外に出されたこの子どもたちは、ボーヌ・ラ・ロランドやドランシーでは「特定済み児童」と呼ばれていたからだ。その意味は、フランス警察が彼女たちのことをSSの情報部に伝え、そのリストに従って、ドイツ人はいつでも好きなときにこの子たちに手をかけ、好きなように処理することができた、ということである。

ロワレ県の公印が押されたリストに載っている、四歳から一三歳までの一五人の子どもたちのうち、この一〇月一〇日にパリへ移送されたときには五歳だったベルト・アシェール、通称ベティがいる。アンドレは、この子がみんなと同じように衛生上の理由で髪を剃られたあと、偽の巻き毛のついたボンネット帽をかぶせられていたのを覚えている。ベルト・アシェールは「行ってしまった」うちの一人だ。アンドレはエディット・アドレールの名前も覚えていた。ベルギーから来たチェコスロバキアの一二歳の少女で、「この子は、たった一人でアントワープから来た」が、移送された。同じように、九歳のアネットと一一歳のルイゼットからなるグリュクマン姉妹も「帰ってこなかった」。ここにヤド・ヴァシェム（イスラエルにあるホロコースト記念館）とショアー記念館（パリにあるホロコースト記念館）のデータベースで見つけた名前を二つ付け加えて、リストを仕上げよう。それはエミール（一三歳）とアレクサンドル（一〇歳）のブッフホルツ兄弟だ。彼らは一九四四年二月の第六七番列車で移送されて死んだ。残り三名の子どもたちについては、その足跡をたどることができなかった。ミシェル・グランドスタン、彼はパリ出身の一三歳の少年で、ピティヴィエ病院にいたところをわざわざ選び出された。やはりパリ出身の、四歳のアネットと一〇歳のベルナール・ヴォルフのトビヤス兄妹。

　これがロワレ県の「釈放」（公印付きの語彙）に関する話だ。ほかの用語では「一時委託」というのもあった。「煉獄」または「猶予」と言ってもいいだろう。

　わたしの小さないとこたちとその両親の収容所関連の全資料——到着、出発、出費、「釈放」——は、ＣＥＲＣＩＬが提供してくれた。この研究センターは、ロワレ県の収容所に関する重要な資料を収集し、フランスで大虐殺の導火線に火を点けたというべきこれらの収容所の運営の実態について、一つずつ資料に基づいて解明していた。資料室は舗石を敷きつめた中庭に面していて、窓からは子どもたちの写真や手紙の抜粋、証言からの引用などを展示したパネルが立ち並んでいるのが見える。そのうちのいくつかは、すでに引用した。中庭の後方には、自動車修理工のところで発見されたバラックの板張りの側面を見てとることができる。
外は雨が降っていて、わたしはこの研究センターの創立者や、この機関を運営している人たちと、何時間にもわたって話をした。わたしの前にはコルマン家とカミンスキ家に関する、当時のフランス当局によって作成された書類が積み上げられている。中庭から射しこむ霧がかった白い光に照らされた書類の上には、フランス国（一九四〇－一九四四、親ナチスの傀儡国家）の代表者による憎悪のこもった言葉が連なっている。書類は一九四一年七月二四日付の手紙から始まる。そこでは副知事が、モンタルジ在住の「外国籍ユダヤ人」に関する調査について満足げな様子を見せている。ユダヤ人はリストアップされ、そのひとりひとりについて、副知事は「行いよし」と「思想よし」を報告する。わたしは、リソラについて「警察から特段の注意の対象とならず」、「国民としての観点から見て正しい態度」とあるのを見て、嬉しく思った。ただの調査で、攻撃の意図はないとされたこの最初のリストは、実際のところ、決定的なものだった。いくつかの変更点を除けば、ここに記載された名前は、ほどなく、そのまま黄色い星を渡す際のリストに引き継がれた。そして、黄色い星を渡すためのリストは、強制収容者のリストへと引き継がれたのだ。

最後になって、さっきからわたしに付き添ってくれていた資料係が「まだありますよ」と言って、後ろの方にある保管庫へ何かを取りに行くために立ち上がった。目を上げ、彼が身をかがめている姿を見つめる。職務にふさわしく、鍵やペンを入れるポケットがたくさんついたベージュのチョッキの下には、部屋の奥のひんやりとした棚に似つかわしい制服のようなニットのセーターを着ていて、ぶあついレンズの眼鏡をかけている。机から離れ、戻ってくると、タッパーウェアのような清潔で密閉性の高いプラスチックの箱をわたしの前に置いた。中仕切りに白いパラフィン紙が挟みこまれている。「一昨年、ジャンヌがこれを持ってきたんです。ムルグさんの家に残っていました」彼は密閉している蓋を外し、箱の横に置く。わたしは、それが何かわからないまま、彼がパラフィン紙で隔てられた物体をつまみ上げ、立ったまま机の上にそっと慎重に置くのを見ていた。まるで座ることで両手以外がわたしの視界に入るのを避けているようだった。

資料係の男性は紙の包みを一つずつ解き、中身をわたしの目の前に置いた。丸い皿が一枚、そしてまた一枚。そしてもちろん、三枚目も。そう、彼女たちは三姉妹だったのだから。「ミレイユのおままごと道具だったものです」前菜をよそうのに使えそうな楕円形のごく小さな皿も三枚あった。それからたぶんメイン用のもう少し大きな皿も一枚。「たぶん」とか「使えそうな」などと言ったのは、こうした皿が要求する礼儀作法は、小さな女の子がもっと厳しい家庭教育を受けていた時代のもので、わたしの時代よりもずっと洗練されていたからだ。最後に出てきた、ごく小さな正方形に近い皿はデザート用だ——ケーキでも載せたのだろうか。どの皿も繊細で、包んでいた紙と同じくらい壊れやすそうだった。皿は縁に銀色の線が施され、それぞれ中心からずらして、薔薇やあざみ、矢車菊などの花が描かれている。どれもハーフサイズのボールペンほどの大きさもない八枚の皿を、わたしは見つめる。

子どもが大人の道具のミニチュアのおもちゃを持っていた時代を思うと、変な感じがする。彼女たちのおままごと道具は、わたしの息子のユリースが持っているプラスチック製のトマトや果物やローストチキンや皿——一日の終わりには、それらをやはりプラスチック製の大きな箱へお片づけする——とは、似ても似つかない。似ても似つかないけれども、ユリースだって、やはり自分なりのおままごとセットを持っている。三姉妹のうちいちばん年下だった子が、このおもちゃを手放さなければならなくなったとき、彼女はわたしの息子より一歳年上だっただけだ。彼女たちがおままごと遊びをしている様子が目に浮かぶ。それに、同じ食卓についたとしても、たぶん当時の子どもたちには陶器と彩色金とポリマー・プラスチックの違いなどわからなかっただろう。ひょっとしたら、皿がぶつかり合う音の違いから興味をもったかもしれない。その場合は、陶器がいちばん人気がありそうだ。子どもたちはスケールの小ささにも敏感だったはずだということを、わたしは知っている。というのも、わたしの息子は自分に合った高さのテーブルや椅子があると、自分で座ったり下りたりできるので満足するからだ。自分の手の大きさにぴったりで、簡単につかんだり持ち運んだりできる物には目ざとい。

女の子たちが連れて行かれてから、ムルグさんがどのように日々を過ごしたのか、また赤ん坊のマドレーヌの面倒を見ながら「半ユダヤ人」の店を切り盛りし、どれくらい時間が経ってから、数カ月をともに過ごしたコルマン姉妹の遺品を処分したのか、わたしにはわからない。だが、おままごと道具は無傷なまま、ある日ついにパラフィン紙に包まれて保管されることになった。そして副知事の公印が押された書類の山の上に置かれ、文書保管人の赤らんだ指先で開封されることとなった。秋らしい霧雨の日に、八つの食器は、白く薄い帆のような紙に包まれて、まるでロワール川に漕ぎ出す小舟のように見える。それは、子どもたちのおもちゃが、食器も車も、その身に降りかかった出来事と同じく、大人の世界とさほど切り離されていなかった時代を証言している。

わたしが十分に見たと言うと、資料係はそれぞれの品をパラフィン紙で包みなおした。そして、

「コルマン家の子どもたちのままごと道具。ジャンヌ・カミンスキ提供」というシールが貼られた透明の箱に戻した。それから、おもちゃを保管庫へ運んで行った。その様子は、古代の墓を展示する博物館でガラス越しに覗きこむと、テラコッタやブロンズでできた家畜や人物の塑像の横に「子どもの墓。墓の副葬品」と書かれているのが見えるあの地下墓所へと、それを納めるかのようだった。

パリ、郊外

話の続きはパリとその郊外、つまりわたしが生まれ、暮らしている町で展開する。六人の女の子たちの収容の物語は、まるで盗まれた手紙を広げたみたいに、ずっとわたしの目の前にあった。出てくる通りはよく知っていて、ここなら来たこともあるし、場所を知らなかった場合も、何も知らずにその窓の下を通っていたのだ。あるいは、見たことがない場所でさえ親しみを感じることもあるが、それはある地区と別の地区、通りと別の通り、建物と別の建物を似たものにしてしまう、大都市の内部の鏡の効果によるものだ。

古いセンターのいくつかはあまりになじみがあったため、驚くほど何の意味もなく、見過ごしてしまうほど透明な存在だった。引越しや進学、その時々の友だち付き合いや仕事の都合で、わたしはそこからほんの数メートルの場所を歩いたことがある。たとえば、アンドレが最後に滞在したヴォークラン寮から一〇〇メートル離れたところに二年間住んでいたが、その通りの角を曲がることは決してなかった。ときには道草や、待ち合わせに赴く途中で、彼女たちのシルエットのすぐそばを、しかし本当にすれ違うことなく、通り過ぎていったこともある。まるでわたしの道のりが、情報通だが盲目の証人によって決められていたみたいに。

ユダヤ人家庭を解体したことで、フランス国は孤児となった子どもたちを受け入れ、かつ監視するための機関を組織する必要に迫られた。この任務にあたったのが、在仏ユダヤ人総連合（UGIF）である。この機関は反ユダヤ人法の枠組みのなかでユダヤ人を統制するために設立された。わたしは各センターの名前と、この機関によって割り当てられた番号を見る。ラマルク（第二八号センター）、ギイ・パタン（第三〇号）、ヴォークラン（第四六号食堂にして第二一号女子寮）、ヌイイー（通称「マルグリットの家」、第四〇号）、ルーヴシエンヌ（第五六号センター）、サン・マンデ（第六四号）。わたしはそれぞれの地区を確認し、このネットワークの圏内にある通りと地下鉄の駅を結びつけてみる。そこは、アンドレの言葉を借りれば、「子どもたち全員がドイツ人のそばに割り当てられ、順次移送の対象に選ばれた」場所である。

UGIFが提供した寮や避難所は、当時は「ホーム」と呼ばれ、一九四二年八月から一九四四年七月までのあいだに、ここを三〇〇〇人以上の、おそらく三五〇〇人に及ぶ子どもたちが経由していった。この期間に、その半数近くが移送されて亡くなった。

この事態を理解するためには、地図の北に最終地点を書きこまなければならない。ドランシーのミュエット団地は、ほかの強制収容所と同じように、UGIFのせいで孤児になり、待機状態に置かれた子どもたちを受け入れる施設を備えていた。ミュエットはパリ市に隣接していたが、腹をすかせて、虱のたかった子どもたちは、もっと遠いところから来たように見えた。そこから出られるのは、名前がまだリストの上に記載されていて、収容所行きの列車の空きを埋めるために、いつでも乗せられる状態にあるときだけだった。ドランシーから解放されたといっても、それは片手を切り落とせば、誰でもそれを拾いに戻ってくるはずだと信じられていたのと同じことだった。

センターに収監された子どもたちは、ずっとたらいまわしにされた。証言を聞いたり読んだりしていると、同じ姓の兄弟姉妹が引き裂かれ、また出会ったというケースに何度も行き当たった。一人がいると思えば、もう一人をじきに見失うという感じ。彼らは戻ってきては、また逃げ出し、寮のガラス窓に身体を押しつけ、見かけだけは開いている扉のところでまた捕えられる。その様子は、生物学者が羽毛を撫でながら脚に認識票を結わえつける渡り鳥の群れを思わせる。一〇センチメートルにも満たない、せいぜい二〇グラム程度の小さな鳥たちは、ヨーロッパのどこかの研究室で印を付けられ、インド洋で消息を絶たなければ、六カ月後にケープタウンやセネガルのサン・ルイで発見されることになる。わたしもまた、子どもたちの消息を見失う。移送された日付から、まだごく若い彼らの生年月日を類推することがある。それよりも、いっそのこと、彼らの消息を完全に見失い、どのデータベースにも見出せない方がいい。彼らの名前が、パリのショアー記念館にも、ワシントンDCのホロコースト記念館にも、イェルサレムのヤド・ヴァシェムにも見当たらないのであれば、彼らが生き延びたかもしれないチャンスが何倍にも増えるのだから。

わたしは、生存者に付記された現実味を付加する言葉をにらみながら、認識票の名前を追う。「移送された」「帰還せず」「彼も去った」「検挙された」「帰還した」「戻らず」「脱走した」「逮捕された」。データベースから消え去った人の一部は、わざと消えた。わたしの小さないとこたちがラマルク寮で出会ったアネット・トビヤスは、学校からの帰りに伯母に「誘拐された」とされる。別の日には、ヴォークラン寮で、金髪の小さなポーレット・ツァイドマンが自ら誘拐されたことにして、学校から帰らず、おかげでそのせいで寮生全員が罰として外出禁止になるかもしれないと恐れることになった。なかにはジャンヌ・ベルマンのように伝説となった子どももいる。体操選手だった彼女は、アウシュヴィッツ・ビルケナウのバラック仲間の前で、演技の練習をしているところを見つかった。ある証言によると、収容所の責任者はジャンヌを見ると、彼女を取り囲んでいたヴォークラン寮の少女たちと一緒になって、パンのかけらを投げ与えたという。別の証言によると、自転車で近づいてきたその男が焼却炉の所長だと気づき、少女たちは一斉にばらばらになって逃げ出したそうだ。ジャンヌ・ベルマンの名は一九五〇年代半ばに再び登場する。そのとき、彼女はフォッシュ大通りに住む美しい女性で、センターで知ったかつての子どもたちを自宅に招き、「ほとんどアンヴァリッドの目と鼻の先で」お茶会を開いた。「なんて素敵だったでしょう!」とアンドレは半世紀後に言い、「またやるつもりと言っていたわ」と付け加えた。

身近な人を失い、一人きりになって帰還した者もいる。クレール・シュヴァルツはドランシー収容所から解放され、生き延びたが、彼女の姉エステルは、一六歳以上だったために取り残された。ロゼット・クリモロフスキが「戻った」のは、強制労働のカテゴリーに入れられたためだったのに対し、一つ年下の妹フロレットは違った。退職教育者の会合でアンドレはサム・シテルマンに再会した。彼は二人の男の子とともに移送列車から飛び降り、轢かれて死んだ二人とは反対に、戦後まで生き延びた。同じ寮だった女の子の一人は、戦争が終わって初めて会ったとき、女の赤ん坊を抱いていたが、次に会ったときにはもう子どもはいなかった。彼女は再婚し、あの赤ん坊については話してはいけないこととなり、そんな子どもは存在したことさえないと彼女は言った。アンドレは五〇年後にもう一度彼女と会う機会があったが、すっかり小さくなり、やつれた老婦人といった雰囲気だったという。「何もかも、みんな、誰もいなくなった」とアンドレはわたしに言った。その言葉は、虐殺された子どもたちと、病院や自宅のベッドで少しずつ死んでいく年老いた人たちを近づける。

寮のいくつかは、わたしのすぐ目の前に存在していたのに、それまで注意を払うことなどなかった。ラマルク通り一六番地にあった最大の収容センターが、まさにその好例だった。最初に集められる場所で、パリのユダヤ人児童から「選別センター」と呼ばれていたラマルク寮は、六人と、何百人もの子どもたちにとっても最初の寮となった。ある秋の日、そこへ行ってみると、とても背の高い、最近建てられたらしい立派な集合住宅があり、一階には宗教系の保育園——「ユダヤ保育園」とファサードに刻まれている——が入っていた。数分のあいだ、超現代的な設計のメタリックな突起やガラス張りの大窓を見つめた。足を落ち葉に埋め、頭上に霧がかかるなか、わたしが立っていた小さな階段から見ると、元の建物は取り壊され、建て替えられたような印象を受けた。調査もむなしく、収容されていた子どもたちの道行きに必ず現れる建物を見つけるのは、あきらめなければならないと確信した。いまは新しい子どもたちが新しい建物に迎え入れられている。

しかし、数時間後、家に戻って当時の写真をインターネットで検索してみると、わたしの観察が間違っていたことがわかった。六人が過ごした寮は今もそこにあったのだ——建物は少しも移動せず、ただ保育園よりちょっと奥の、一〇メートルほど下った左側に現存していた。わたしが背を向けていた、サクレ・クール教会と同じくらい白くて清潔な、優雅な雰囲気の建物は、ほとんど正方形のかたちをしており、ファサードには同じく正方形の窓が三つ、シンプルな線で限られて、それが三段にわたって並んでいる様子は、かなり目立つものだった。両大戦間の建築家が好んだ幾何学的な断面は、やや平らなスレート屋根によって和らげられており、パリの集合住宅の切妻屋根というよりも芸術家の帽子のような姿をしている。

わたしの小さないとこたちが収容されていたこの白い建物は、今では手前の新しい保育園と同じく、社会的使命をもつグループの一部となっている。反ユダヤ法を適用し、ときには支援と抑圧のあいだにある曖昧さを利用した連中は、センターを設立する際に、子どもたちになじみのある信仰の場所やユダヤ人コミュニティの共同の場所を選ぶように促したが、それはのちの犠牲者を容易に追跡し、再編できるようにするのに好都合だったからだ。UGIFのセンターに選ばれたのは、かつてはホスピスや簡易宿泊所、孤児院、老人ホーム、病院や学校といった、教育や看護のための場所だったが、そこにもともと収容されていた人たちは追い出されることになった。子どもたちに関しては、そもそも親たちを検挙しなければ、彼らは保護を受ける必要などなかったのだから、このセンターの機能はさらに悪どい。彼らを保護するシステムは、そのまま彼らを孤児にしたシステムである。子どもたちを何度もグループ分けすることで、彼らを助けてやろうという考えほど危険で、逆説的なものはない。

信仰に伴う支援活動は、しばしば戦後に再開された際に、同じ場所で継続された。モンマルトルのユダヤ人センターは、最初にわたしが見かけた保育園を設立し、次にわたしが気づいた白い建物を改築して、難民受け入れのための施設をつくった。東欧のユダヤ難民を受け入れるために設立された保護施設は、その後に波のように押し寄せる難民たちを次々に受け入れてきた。アラブの春の亡命者、シリアからたどり着いた生存者、新しい戦争と新しい災厄を逃げてきたすべての人たちに、住居を提供してきた。小さな子どもであふれかえっていた女子寮は、今では二部屋付きのアトリエになっている。むき出しの壁に素っ気ない色の家具を並べた部屋でも、地獄を通過してきた人たちにとってははじめてまともな寝室が提供されたことになる。だが、彼らは結局また、公園のベンチの上や、セーヌ川に架かる橋の下や、郊外道路沿いに並ぶケチュア社製のテントや、運がよければ不潔なホテルの一室で寝ることになる。センターには七四台のベッドがあり、かつて何百人もの子どもたちにとって思いがけない落とし穴だった場所は、再び避難所となっている。

ある日、わたしはこの場所をもっと近くで見るために、大きな白い門をくぐることにした。中庭で清掃道具や箒を山のように積んだカートを押していた女性に向かって、わたしは門の上にある記念プレートを指さし、自分の親類が検挙された子どもたちに含まれていたことを告げた。彼女は門を開けてくれ、入口のホールへ招き入れて、事務局への道を教えてくれた。事務局へ入ってすぐまた事情を説明すると、事務の女性は、事務机と文房具店「オフィス・デポ」のカタログで買ったような整理用ファイルのあいだにある棚の方へ駆け寄り、そこから黒い生地張りの台帳を抜き出し、わたしの前に置いた。学校のノートに貼るようなステッカーに、やはり黒いインクで、「一九四一年、ラマルク通り一六番地、警察記録簿」と手書きされている。アンリエット、ジャクリーヌ、ミレイユが最初に入所した日付を訊くと、彼女はすぐに三人の名前を見つけ出し、わたしたちは同じページの同じ項目にカミンスキ家の名前も見つけることができた。どうやら彼女は自分のパソコンで出入りの記録をつける習慣があるらしく、じつに手慣れていたおかげで、わたしたちは、女の子たちがほかの施設へ移され、再び寮に戻ってきた記録も見つけた。わたしは彼女たちの生年月日と出生地、それに結びつけられた認識番号を写真に撮る。それからもう少し話そうとしたところ、びん底眼鏡をかけた禿げ男が事務室に割りこんできて、事務の女性を怒鳴りつけ、何の用で来たのか、予約は取っていたのか、とわたしを問いつめた。もうこの世にはいない女の子たちと会うために予約するという発想に、わたしは仰天した。訪問の意図を説明するのは、これで三度目だったが、支配人は従業員とは別のルールに従っていた。彼はわたしを追い払った。黒布張りのノートと数百人の名前はこの場所の所有物であり、たぶん棚の「請求書」「会費」と書かれたファイルのあいだへ戻されるだろう。

年老いた女性もまた、盗まれた手紙のようだ。彼女たちは目の前にいるが、何も主張せず、街の雑踏にまぎれ、天気によってベージュや水色の服を着てカモフラージュする。何カ月もさんざん探し回ったあげく、彼女たちが向かいの辻公園や、リビングのテレビの前に無傷なまま座り、家族の写真に囲まれていることを知る。電話をかけると、まるで「ここだよ」と茶目っ気たっぷりに、テーブルの下やカーテンの陰に隠れていたみたいに、透き通った声を弾ませて答えてくれる。

イギリスのある女性作家は、「年老いた女たちのうちに、秘密の子どもたちが隠れていることがある」（“In elderly women, secret children may hide”）と、子どもの対極の老齢に達するより何年も前に、自殺するほんの数日前に書いた。

二〇二〇年の夏、新型コロナウイルスがフランスで猛威をふるっていた頃は、町の壁が狭まり、歩く人がなんとか通れるくらいまで縮まった気がした。太陽は呆然としたわたしたちの顔を照らし、自分たちの足跡さえ見つけられなくなった通りで、わたしたちの行く先を導いてくれた。長い病気はすべてを凍りつかせ、何をするにもあらかじめ予定を立てなければならなくなり、どんな面会においても行儀よくすることを約束させられたので、わたしは調査を中断した。あてもなく散策することも、もう不可能だった。

しかし、七月初旬、わたしはとうとうアンドレの電話番号を押した。何週間も待たされたあと、マドレーヌが教えてくれた番号で、ぜひアンドレと話してみて、と言われていたのだ。マドレーヌが気を遣ったのは、アンドレが大腿骨頸部を骨折して療養中で、入院中に夫が亡くなったばかりだということがあったからだ。一連の出来事のせいで、わたしはまるで荒れ果てて静寂が支配する国へ入っていくみたいに、用心深く、怯えていた。けれども、最初の電話からわたしたちは打ち解けて話し合い、ほどなくアンドレから家にいらっしゃいと声をかけられた。明日にでも、いや明日は整体があるから、明後日にでも。パンデミックにまつわるフラストレーションや規制を余儀なくされているなか、しかも彼女の妹から聞いていた身内の不幸のあとで、この気軽さは、わたしには驚きだった。自分の疲れのことなどおくびにも出さずに、何のためらいもなく約束をして、これほど厚意をもって家に招いてくれるとは、考えてもいなかった。

地図を見ると、彼女が住んでいるのは、わたしの家から自転車で三〇分ほどの場所だとわかった。寒くも暑くもない、上りのときには励まし、下りのときには楽をさせてくれる、気の良い仲間のような完璧な太陽の下、ベルヴィルの丘を越えて、東へ数分大通りを走れば、サン・タンブロワーズ通りの大きな集合住宅のなかにある彼女の家にたどり着く。自転車を漕ぐのはちょうど良かった、というのも、わたしは妊娠三ヵ月目だったからだ。おなかはまだ重くないが、すでに膨らんできた。妊娠しているかどうか、ぱっと見にはまだ明らかではないため、話し相手にそれを告げるか隠すかはゲームみたいなもので、わたしの顔とおなかを見比べて確信がもてないという面持ちになるのを見たり、妊娠していることを聞かされて驚いたり、やっぱりそうかと確かめたりする相手の様子が面白かった。

あの夏は、感染症の拡大のせいで、いつもは平凡に思えるものの価値がわかった。誰かと会ったり、道を歩いたりするだけでも、そこには見えない、危険な反面があった。わたしにとっては、与えられたにすぎない休息でもかえって幸せな感覚があったが、それは衛生環境の危機だけでなく、アンドレと会う日付にも由来していた。七月も半ばにさしかかり、一九四二年夏の一斉検挙で彼女の母親とハヴァ、リソラとビバが連れ去られた記念日に近いある日、わたしたちは会った。パリでは、ユダヤ人の狩り出しは、わたしと彼女が住んでいるこの地区でとくに集中的に行われた。わずか二日間のうちに数千人が逮捕されたこの地区は、いまも移民の受け入れや通過点としてのアイデンティティを保っており、それぞれ違う迫害を受けた人々――昨日はユダヤ人、今日はアルジェリアやモロッコやチュニジアのアラブ人、または中国やそのほかの国の人々が、新しい戦争や新しい貧困の蔓延に応じて、次々にここへやって来た。

わたしたちは七月一二日と一七日のあいだに何度も会った。だが、一四日は会わない、その日はアンドレの母エリアが捕まった日であり、わたしにとっては息子のユリースの二歳の誕生日を祝う日だから。この日はカミンスキ家全体にとって追悼の日であり、この本を書き、考えることで彼女たちの物語と関わるようになってからは、「国民の祝日」と呼ばれる革命記念日は、以前にも増して偽善の匂いがするものに思われてくる。また、この服喪の日が、わたしの最初の子どもがこの世に生まれたという侵し難い喜びと一致していることに、少し恥じらいを覚えたが、それはどうしようもないことだし、それにわたし個人のカレンダーにおいて、この日付が喚起する愛国主義や荘厳な調子が、最も無防備な存在の到来を示す赤ん坊の泣き声に取って代わられたことについては、悪い気はしない。

再び妊娠したことで、アンドレとの面談に奇妙な次元が付け加わった。この状態だと、どんな場所にも舞台袖があり、どんな瞬間にも目に見えない吹き替え役がいて、みんなが見ているものとは別の何かを生かしているような気がしてくる。最近になって、知らないうちに世界とは別の何かが起きているもう一つの世界が、そっとわたしに立ち現れてきた。この喜びはすぐにはっきりとわかったわけではない。最初は、この物語を書きながら妊娠したのは、慎重さに欠ける気がした。わが子に死のイメージが伝染してしまうのが怖かったし、悪意のかたちを内に秘めているかもしれない不幸と接触させるのも嫌だった。しかし、その夏、自転車で町を行ったり来たりしながらアンドレを訪ね、運動と雑音のなかにいると、少しずつ自分の身体が聖域ではなく、さまざまなほかの災害にもかかわらず存在している子どもを守るために、すでに自分のなかに入ってきた事実から身を引き離そうとする必要などないことを悟った。過去や見えない脅威から避難しなくてもいいことを赤ちゃんに教えてもらったこと、わたしは神殿でも墓でもなく、尼僧でも隠者でもないこと、そうでなければ赤ちゃんは生まれてこないことを理解した。

「あら、わたしは弱々しく見えるかしら！」とアンドレが大笑いして言ったのは、わたしがエレベーターからサージカルマスクを着けて出てくるのを見たときのことだった。着用はまだ義務化されていなかったが、九一歳で、しかも六カ月に及ぶ回復期にいる女性の前に出るための最低限のエチケットだと思ったのだ。マスクは仮装と同じように彼女を面白がらせたようだった。青い眼と、少し角張ってはいるがすっきりした面立ち、そして笑顔が、エレベーターのドアが開くなり、わたしの前に現れた。妊娠については、見ただけではわからなかった（この段階では当然だ）が、わたしに何度も気をつけるように勧め、自分自身の妊娠の思い出を語ってくれた。それはわたしよりも段階の進んだ時期の、もっと明らかにおなかが大きくなっていた頃の話だった。

　わたしたちは、質問に先立って用意されたアルバムや本を積み上げたテーブルを挟んで向き合い、夏用のワンピースのおかげでまだ目立たないわたしのおなか越しに見つめ合った。アンドレは、まるでこのつらい時期にずっと連絡を取り合って過ごした相手のように、そして彼女自身が最近の数カ月でとくに何も試練などなかったかのように、わたしに対して話しかけた。彼女の輝くほほえみには、それが優しいアイロニーをたたえているのか、それとも子どものような無邪気さなのか、判断できないところがあったが、そのほほえみは彼女の顔に汲み尽くせない魅力を与えていた。そして、わたしたちがようやく抜け出ようとしているこのおぞましい時期を結論づけるように、ウイルスの害悪と衝動的に訪れる焦りに満ちた苦しみをともに見事に描き出すラベルを貼りつけた。「やっと、このがんじがらめともおさらばできたのだから……」

彼女はこちらに渡した資料のページをめくり、アルバムを脈絡もなく開いたり閉じたりし、出し惜しみすることなく語り続けた。目の前には過去の証拠があり、写真や手紙や学校のノートなどを通じて、少女時代がいくつものかたちをとって現れる。パリの協力者の家へと、自分や妹たちの持ち物を通学鞄に詰めこんでせっせと運び出したアンドレは、戦後になって、その頃書いた課題作文まで再び手に入れることができた。作文の主題は驚くほど当時の日常の関心からかけ離れたもので、おそらくその味気なさが好ましくもあった。「ルソーと田園生活の趣味」とか「ラ・ブリュイエールの文体で人物肖像《ポルトレ》を書け」といった作文に取り組むために、食堂や共同浴室で何時間も考えあぐねたに違いない。舎監がカーラーを巻き取るのを待って、共同浴室に陣取って勉強したことを、彼女は日記のあるページに記している。低学年の頃からいくつもの賞を受けた優秀な生徒だった彼女は、あの二年間に学業の成功を阻まれたことについては、今でも不満に思っている。教師が誰も面倒を見てくれなかったので、教材が足りなくても、周りに必要な物を譲ってくれるように懇願しなければならなかったし、教師が平均点のちょうど下あたりの辛い点しかくれず、自分には家もなければ手伝ってくれる親もいない学習環境だということには一切関心を寄せなかったことについても、不満は募った。戦後になって、アンドレはかつて一時的に在籍した学校へ私物を回収しに行ったことがあったが、そこで校長に「階段で」応対されたことを忘れていない。彼女はそのことを、ほかのさまざまな事柄と同様に、何キロメートルにも及ぶ長大な記憶に刻みこんでいる。その記憶力のおかげで、出来事から何十年経っても、穏やかな公平さを保って、どんなひどいことでも声色ひとつ変えず、けちくさい嫌がらせをしたのが誰だったか、すべて挙げてみせることができる。階段で応対した校長は、寮で彼女の持ち物を盗んだ舎監よりましというわけではないし、泥棒の舎監たちは、一九四四年にモンタルジへ戻った際に「あら、あなた戻ってきたのね」と言い放った昔のクラスメートに劣るわけでもない。「ユダ公らしい笑い」を賞賛した店主は、あいかわらず同じ店にいた。苦々しく覚えているわけではないが、何一つ忘れてはいないいくつかの場面が、抑揚のない声で語られる。結婚したとき、式に参列するために出てくることさえ嫌がったカトリックの義理の家族――アンドレは、息を吸うとわずかに鎖骨が動くのとほとんど変わらない感じで、ちょっとだけ肩をすくめた。彼女に一本のペンさえ与えなかった教師たちは、一九五〇年代初め、ちょうど彼女が結婚して、パリ地方で教職のポストを探していたときに、「わたしの履歴は全部知っていたのに」、教育省を通じて、赴任先としてわざわざドランシーを指定することしか思いつかなかった。

アンドレもまた、一九九一年に出版されたアデライド・オーヴァルの本――当時、アンドレは六二歳だった――を、刊行当時に購入し、所有していた。彼女はそれをぜひ見せたいと言った。隣の部屋へ行って、「あれ、どこへ行ったかしら」と言いながら書棚を漁った。わたしはリビングから、もういいですよ、と声をかけ、最近読みましたから、と請け合ったが、彼女は、見せたい箇所があるから、と本を見つけ出すことにこだわった。「ほら、あった！　今そっちに行きますよ」と言うと、テーブルの上に置いた。「どこかにメモしたんだけど」「あれはどこで見たのかしら」と言って、アンドレは本をめくり、読み直した箇所をつぶやく。あまりにも集中して本を調べているので、まるでそれが貴重本であるかのように見えてきた。手を休めると、「ああ、ここだ」と言った。それから、大きな声で、もっとはっきりした話し方で、「女性用のバラックが二つあった、いい？」と言った。彼女は読むのを中断すると、また「いい？　ここよ」と繰り返した。そして、アデライド・オーヴァルがピティヴィエ駅に着いたときのことを語っているところから、朗読を再開した。「すぐにバラックへ入れられたことで、みんな激しく落ちこんでいた。誰もが自分の話をしたがった。盲目の人もいれば、妊娠中の女もいた」彼女は目を伏せ、声に優しさが満ちて、まるで秘密を打ち明けるときのような話し方になった。「彼女はここにいる」、だが、わたしにはよくわからなかった。印刷された文字のなかに、荷物も持たずに、群衆から離れて、三角に折ったスカーフで金髪をおさえた女性の姿は見えなかった。「ここよ」そう言うと、アンドレはページのほんの小さな箇所を指で示した。まるでわたしがそこに何かを見出せるとでも思っているように、荷物を詰めて持ち歩くための灰色の畝織の買い物袋や、母乳のしみが付いたブラウスを思い描けるとでもいうように。アンドレが読み上げる。「彼女たちのうちの一人が、家に六カ月の赤ん坊を残してきた、と言う」彼女は本から目を離し、余白に鉛筆で書いた文字を指さす。「ママ」彼女はもう一度言う、「わかる？　わたしが書いたのよ、ママって」

彼女の人差し指の先に書きこまれた文字と印刷された一節をわたしが読めるように、彼女は時間を取ってくれた。もう母親のことを考えなくなっていたときに、この紙のほんの小さな片隅に、彼女は母親の姿をあらためて確認することができた。モンタルジの監獄で母と同房だった人たちに話を聞き、それが最後の姿だと思っていたところに、またひとつ母の姿が付け加わった。一九四二年から一九九一年、彼女が母親の面影を再び見つけ出し、母の生きた日々に二、三日分を付け加えることができるようになるまで、じつに五〇年の歳月が必要だったのだ。「そう、そんなものなのよ」

ある本のある一行のどこかに、「彼女たちの一人」という代名詞のみのシルエットが名前のないほかの女性たちとともにいるのを認めるだけで、アンドレがわたしにエリアの生涯を語り出すには十分だった。アルバムを開き、手紙を積み上げ、さらにアデライド・オーヴァルの本を置いたテーブル越しに、アンドレは母親がワルシャワで優秀な学生だったことを話した。成績優秀のため、バカロレアまでの中等教育を受けられるユダヤ人児童として選抜された。エリアが「知識人、大学人」でありながら、仕立屋の免状を取ったのは、マックスに付き従って、有資格労働者としてフランスへ行けるようにするためだった。エリアはポーランドにいた頃、ユダヤ人ではない魅力的な弁護士から結婚の申し出を受け、彼女の方でも彼が気に入ったが、「無理だってわかっているでしょう？」と返答したという。

最後にアンドレは、モンタルジの自宅の庭で、母親が隣にあった司祭館のフーシェ神父とおしゃべりしていた夜のことを話してくれた。神父はエリアとの議論を好んだ——聖職者のスータンを着て、タチアオイの木のそばにあるベンチで、彼女の隣に座っている神父の姿が思い浮かぶ。エリアの姿は、アンドレが見せてくれた写真のおかげで知ることができた。彼女を思い浮かべるには、ピカソが顔を分割する前の一九三〇年代に描いた、鼻筋の通った、ほとんど額と一直線の、狭いあごをしたギリシア人風の横顔を見てみるのが、いちばん近道だろう。それを、エリアという名前の由来でもある金髪にしてみればいい。彼女は着こなし上手だった。仕立屋の才能を発揮し、エレガントな素材を使って、巧みに裁断した。コートによく似合う小さなケープをまとい、文句のつけようのない帽子をかぶっていた。夏になると、ブラウス姿で夕食と子どもの寝かしつけを済ませた彼女は、まるでルソーの小説の主人公のように、日記にこう書いたかもしれない。「庭での夕べ。神父さんとの会話」、ヴォルテールの友人だったマリー・レクザンスカ（ルイ一五世妃）の宮廷でのように、ポーランド語訛りに彩られたおくゆかしいフランス語での会話が、降りてくる夜の色と同じくらい繊細な気持ちを描き出すために交わされる。そこは二人の人物が殺される舞台だ。一九四二年、庭での夕べの数週間後にエリアは連れ去られ、そして一九四四年夏、フランス解放のときに、ドイツ兵が報復のために神父を背後から撃った。

もうひとつ、テーブルの上にどっかりと載っているのは、黒いアルバムで、中には、父親が安全地帯であるフランス南部に逃げてから、アンドレが毎週父に書き送った地域間葉書が整理されている。この片方だけの往復書簡のおかげで、ときには署名にも加わった妹たちとアンドレがたどった道のりを、だいたい再現することができる。葉書が描き出すのは、反ユダヤ法のせいでぼろぼろになった生活の物語である。エリアがいなくなってしまったことを、最初は隠していたのは、マックスを苦しめたくなかったからだけでなく、母が帰ってきてその必要がなくなることを願っていたからだった。文字がぎっしり詰まった長方形には、ときどき検閲の削除線が入っていた。彼らは嵐や雷雨、お祭りやヴァカンスの話を作り上げた。こうした陳腐で逆説的な比喩を使えば、父が言葉の奇妙さを嗅ぎつけてくれるので、アンドレは一斉検挙や逮捕のこと、パリに戻ってきてはいけないこと、彼女と妹たちが陥っている罠について伝えることができた。フランス語をうまく書けない彼の方は、移動先で囚われの身となってから、商売上のアンティゴネともいうべき存在だった娘が口述筆記してくれなくなったため、返事を書こうとするたびに、誰かに代筆をお願いしなければならなくなった。境界線の向こう側から娘たちに報せを送る手だてを見つけなければならなかったが、その境界線はじきに消えてなくなり、いまやどこへ行っても娘たちの身が危うくなったことを理解した彼は、娘たちに我慢してうまく立ち回るように伝える必要があった。片方が欠けているこの言葉の往復が作り出す組み模様、何キロメートルにも及ぶ黒いインクの列のなかには、レジスタンスの闘士でさえもうらやむような、かつてないほど見事で効率的な秘密の伝達方法が、ケーブルで保護されたネットワークのように隠されていた。ジャン・ムーラン（レジスタンス指導者）、またの名をレックス、あるいはマックスといった人物のことは、歴史上よく知られている。しかし、そのすぐ横に、ほかの外国籍の男たちと強制労働に従事していたロゼールの収容所で、正式には死んだかどうかさえわからない妻と引き離され、娘たちとも離ればなれになり、彼女たちと同様、いつなんどき検挙されるかわからない危険にさらされたカミンスキ、またの名をマックス、あるいはパパと呼ばれた男がいた。こちらのマックスは、毎週子どもたちに、自分は元気でやっている、彼女たちを今いるところから出してやると伝えるために、誰か手紙を書いてくれる人を見つけようとしていた。そのためには、よく考えて、準備しておかなければならないということを、失われた手紙を通じて繰り返し教えていた。父が与える情報には気をつけなければならない——こんなふうにはっきり言ったわけではなく、ほんのついでという感じで書いたことから、行間を読んで父の声を聞き取らなければならなかったのだ。そして、「ちゃんと食べていますか」とか「お金を送るつもりです」とかいった平凡な決まり文句のうちに、核心を見抜けなければならなかった。彼女たちが通るべき道のりや、途中で受け渡しをしてくれるネットワークがどのように機能しているかを、「アノおばさんは元気ですか」とか「従兄のナントカによろしく」といった言葉を読みながら、理解しなければならなかった。というのも、カミンスキ姉妹はパリで天涯孤独ではなかったのであり、このことはその後の展開にとって重要なことだった――彼女たちには誰も身寄りがないと思いこませなければならなかったが、それは事実ではなかった。彼女たちには、継続的に指示し、その意味を理解させてくれる父親がいたからだ。パリ一五区には、コメルス通りで毛皮を売っている旧友のモーリス・ポピロックがいた。まずは彼に会いに行くのだ。それから、バルベス地区にはフェルドおじさん*が、妻のエトカと息子と娘とともに住んでいた。彼らはナチス占領初期のパリ脱出の際にモンタルジに滞在したことがあり、娘たちもよく知っていた。一家を訪ねてあげれば、喜ぶだろう。父が道順を教え、記憶を改めてやると、アンドレはセンターの所長には事情を明かさずにおじさんと連絡をとるだけの狡猾さを備えていた。もちろんセンターは、子どもたちの行き来に目を光らせていたのだが。すでに父についてあちこちで仕事の手伝いをしていた経験があったので、彼女は一人で動くことができた――助手役を務めた過去が、新たな共同作業の役に立ったのだ。おじさんに会いに行きなさい、たぶん小さなマドレーヌの近況を教えてくれるだろう……。マックスは、何度も繰り返し書いた。葉書を使うことで、他人の注意を逸らし、娘たちの注意を惹いた。勉強を忘れないように。身体を大切にしなさい。三人でひとつだと思いなさい。モンタルジに戻ったらマドレーヌに会える、

* 正確には、マックスまたはエリアの兄弟ではなく、遠縁の親戚にあたるが、広い意味で「おじさん」と呼ばれていた。その子どもたちをアンドレたちの「いとこ」と呼ぶのも、同様の用法による。

ムルグさんが彼女は元気だと書いていたよ。ときどき、「もうすぐママも見つかる」とさえ書いた。

マックスの手紙は行方不明である。略奪された家族の財産に関する裁判の証拠品としてライン川の向こうへ送られたが、未着のまま紛失してしまったのだ。しかし、アンドレやジャンヌ、あるいはアンドレとジャンヌに小さなローズまで加わった手紙の内側に残る響きや、彼女たちの内容豊かな多くの手紙に満ちている優しさからは、尽きることのないつぶやきと飽きることのない言葉の無限の変奏を見出すことができる。何も隠しだてすることのない調子と内容の手紙だったことは、難なく想像できる。何十通にも及ぶ手紙はどれも使い古された決まり文句で終わっていて、あまりに単調な繰り返しで手のつけようがなく、検閲官は何も気にとめなかったはずだ。「みんなを強く抱きしめます」「アンドレ、妹たちをしっかり頼む」「わたしのことは気にしないで」「わたしの小さな子どもたち」「わたしの愛する者たち」「わたしの宝物」「おまえたちがいなくて寂しいよ」

一九四二年一二月一〇日の夜、ポルト・ディタリーからクリシー広場までパリを横切ったバスは、モンマルトルの丘を登り、丘のてっぺんで一〇人の女の子たちを下ろした。彼女たちはみんな、ボーヌ・ラ・ロランドから「釈放」された子どもたちで、コルマン三姉妹とカミンスキ三姉妹に、ベルト・アシェール、エディット・アドレール、アネットとルイゼットのグリュックマン姉妹を加えた一〇名だった。あとにしてきた場所には何の未練もなかったが、何が待ちかまえているかはさっぱり見当がつかなかった。

もしマドレーヌ・ロランが彼女たちの出発について事前に知らされていたら、彼女はさよならを言いに来て、女の子たちにチョコクリームをあげて、旅の不安を和らげただろう。収容所を離れるとき、彼女たちはみなジャンヌ・モントフィオールの胸に顔を埋《うず》め、彼女の身体に漂う衣装ケースと煙草の匂いをかぎながら、こんなことが全部終わったら、また会いましょうね、とジャンヌが言うのを聞いていた。

ラマルク通り一六番地の色褪せた一階は、子どもたちであふれ返って結婚式のような騒ぎだった。小さな男の子のなかにはジャケットを着て、紙の蝶ネクタイをしている子もいたし、女の子のなかにはビロードのドレスとレース飾りの付いたカラーを見つけ出す子もいた。走り回っている子どもは一〇〇人はいたにちがいない、ベンチに集まり、食堂のカウンター前で押し合いへし合いしていた。大半の子どもは頭を剃られていた。正装した男の子があまりにも清潔すぎる頭なのは、変な感じがした。女の子の方はおかしいようなそうでもないような様子で、頭につけられたレーヨンでできたリボンの色はドレスに合わせて、ピンクだったり、銀色や金色だったり、青や緑だったりした。何か出し物があるという噂が飛び交い、ダンスがある、お芝居がある、と誰かが言う。「サラ・ロジンスキはどうやってピンクのチュチュを見つけたのかしら」とアンドレはいまだに不思議がる。食堂の奥にはせり上がった舞台があり、小さなバレリーナと、ほかの役者たち、それに一〇歳のピエロたちの出番を待っていた。制服を着ていない大人に迎え入れられ、世話されるのはずいぶんと久しぶりだった。センターの監視員は性別も年齢もさまざまで、学生もいれば、身分制限のために職を失った、多様な業種の人たちもいた。彼らは手いっぱいな様子だったが、それでも子どもたちを見て満足していた。「お入りなさい」「食べるものがあるよ」

「遊んでいなさい、そのうちお部屋を見せに戻ってくるから」一〇人の女の子たちは飾りつけられた食堂のなかを進んでいくと、そこには間に合わせの祭壇が設置されていた。その晩はハヌカーの最終日で、最後のろうそくが灯された。言い伝えによれば、イェルサレムの神殿が破壊されたとき、戦争による物資の欠乏にもかかわらず、一日分にも満たないほんの小さな油瓶が一週間ものあいだ灯り続け、そのすきに備蓄を補給したという。

灯されたろうそくの明かりを前にして、ヘブライ語のお祈りを聞いていると、コルマン姉妹とカミンスキ姉妹の驚きに満ちたまなざしと同化できそうだ。わたしと彼女たちはともに、無宗教と漠然とした宗教観念が混じり合った環境で育ち、宗教行事の暦を見てもハヌカーぐらいしかわからなかった。それにほとんどバロック的と言っていいほどユダヤ教からずれていて、神、いやむしろ「神様」との関係も、おじいちゃんと変わらないくらい親しく、またエキゾチックだったかもしれない。当時のフランスの子どもたちらしく、彼女たちも教訓と顕揚に満ちたキリスト教の雰囲気の中で育ったため、寝る前のベッドの子どもたちは天にまします神と対話できると思っていたし、聖母マリアとわれらが兵士とのあいだにもちゃんと意思疎通があると思っていた。それは彼女たちのもともと持っていた文化ではないが、同級生を通じてキリスト教と出会わないわけにはいかなかったし、長じては様々な傾向の慈善活動やペタン政権のプロパガンダによっても、キリスト教文化に触れていた。それに教育の面でも、シナゴーグとは半分しか関わりがなかった。お祈りの最後に巻き舌で発音されるよくわからない言語については、ぼんやりとしか理解していなかったが、それでもたぶん両親と一緒に燭台のろうそくに火を灯したことはあったはずだ。親だけでなく、いとこやおじやおばなど兄弟姉妹関係から広がる多くの親戚や、移民を通じて再構成された親族もそこにいて、出迎えを受けたりポーランドの思い出話を聞くこともあったが、それは年に一回だけ食卓に並ぶお祝い用の食器と変わらない程度のことだっただろう。だが、その晩、彼女たちを第二八収容センターへ配置し、彼女たちにダヴィデの星を縫いつけたシステムにとっては、信仰の度合いなどはどうでもよかった。反ユダヤ主義という出口のない言語において、そのような外面的指標は何の意味ももたない。もし親たちが野蛮な儀式に執着することを選んだならば、彼女たちは恥ずべき存在だし、もし親たちがそうした儀式を放棄したとすれば、彼女たちは唾棄すべき背信者と見なされた。

　わたしも八本のろうそくに火を点けた。ラマルク通りで子どもたちが見る八本目の輝く炎は、黄金色の先端部と赤い胴の部分、黒い底部が震えていて、わたしが好きだったお祭りの雰囲気をめぐる記憶が少しずつよみがえってきた。平気で豚肉も食べるし、お祝い事といえば誕生日しかなく、それもお祈りなしだったような、信仰も律法もないわたしの家で、それは両親とともに祝う数少ないお祭りだった。ユダヤの民がファラオのくびきから解放された事績を祝う過越祭とハヌカーだけは、「子どものために」とか「プレゼントのために」といったいろんな動機からお祝いした。あるいは、一二月に「クリスマスだけするんじゃなくて」という教育的配慮もあった。八日間にわたって、父は金属製の燭台にろうそくを足していき、わたしはろうそくを固定するのを手伝った。マッチを擦ったり、ライターの火打ちローラーを回したりして、最初のろうそくの灯芯に火を点けると、まるでアンティオコス王（アンティオコス四世エピファネス、ユダヤ人によるイェルサレム奪還時のシリア王）時代の司祭のように、受け皿に少し蠟を垂らしてろうそくの根元を固定した。一連のこうした動作がわたしは気に入っていた。そのあいだに、父はキッパをかぶり、冒頭部《ケプル》を唱え、定型の祈禱の文句を朗唱し始めた。ときには声を低くして歌うこともあり、わたしはその方がかっこいいと思ったが、たいていの場合は大声で怒鳴るような歌い方で、ちょうど軍隊の行軍歌のようなハーモニーと軽さが吹きこまれていた。あの瞬間、わたしの耳に聞こえていたのはメロディーと同時に、宗教行事に対する深い違和感だった——ユダヤ教の儀式だけではなく、むしろ神を信じることへの根深い困惑と心からの無関心。神を信じられない父の思いはさらに深まり、あらゆる儀式的なものや権威的な決まりごとへと矛先を向けた。まずは親の権威に反抗したわけだが、そこにはずっと子どものままでいた気持ちが心ならずも隠されていた。

八本目のろうそくが燃え尽き、祭りの翌日になると、女の子たちは隔離された。それがここの掟だった。子どもたちは不潔な場所から、虱にまみれて、病原菌だらけでやって来る。そこで衛生係は彼女たちをきれいにしてやるのではなく、二週間大きな部屋に閉じこめて、出られないようにしたのだ。

ラマルク収容センターは子どもたちが滞在するために作られたのではなく、UGIFの組織内用語でいえば、「選別センター」という位置付けだった。その役目は、子どもたちを受け入れ、数日または数週間のうちに、人数が少なめのパリのほかのセンターへ送り出すことだった。送られた先では男女を分け、年齢に応じて兄弟姉妹を分けたが、それは教育に従事する職員の仕事を軽減するためだけでなく、監視をしやすくするためでもあった。「選別センター」という言葉は、わたしの意識のなかへとてもゆっくりと入ってきた。それは空港ロビーや入国管理局のように混雑を管理する現代的な場所みたいに、本来的にはかなりニュートラルな機能を果たしている感じに見える。この言葉は、多かれ少なかれ慈善的なやり方で大量の人々が組織されるさまざまな場

所の上に漂っている。だいぶ後になって、そこには恐怖が充填されていることにわたしが気づい
たのは、第二八ラマルク収容センターに適用された用語が、線路の終点であるアウシュヴィッツ
で「選別の坂」という表現にも使われていたことを知ったときだ。片方には、鉄道での移送後も
まだ元気な大人を集めて、強制労働へと駆り立て、もう片方にはそのほかの子どもや老人や障が
い者や病人を集めて、ガス室へ送り出した、その「選別」のことである。
　ラマルク通りの選別センターでは、六人の女の子たちも二週間の隔離を強いられることになる。彼女たちは髪を剃られたか、そうでなければ、女の子の好みからすれば短すぎるほどまで髪を切られただろう。帽子もマフラーもないむきだしのうなじに、初冬の風が吹き始めていた。最後まで残っていた服も奪われただろう。センターの職員は「消毒のために」、エリアが手縫いで作ったものや、ハヴァがよく吟味して買ったものまで、彼女たちが母親からもらった私物をすべて取り上げた。もう二度とそれらを見ることはなかった。代わりに、寮で着古された服のなかから、背丈が似ているものを与えられた。そろそろ芽生え始めていた個人的な好みや、学校や通りで会う人からどう見られるかと気にし始めていたことなど、まったく考慮されなかった。「わたしはブルーマリンの、薔薇色のサテンのプリーツが付いた胸飾りのある、とんでもない裁断のビロードのワンピースを渡されたわ。胸飾りをエプロンで隠して、緑色の綿製の靴下も履いていた。あの服を着ると、気分が落ち着かなかった」とアンドレは言う。服はただ醜かっただけでなく、流行のおかげで思春期を自覚するような年ごろの女の子にとっては、不適切でもあった。それから数カ月にわたって新たに渡された古着は、ほとんど毎日、新しく子どもたちが到着しては出発、または消え去っていく世界で、寄付されたり廃棄されたりした服を集めた共同管理所から送られ

てきた。

剃髪は、収容所から釈放された子どもたちにくっついてきた寄生虫対策として、衛生上必要だった。センターを巡回して髪を剃る理髪師は「虱博士」と呼ばれて、子どもたちから死ぬほど恐れられていた。とくに女の子たちは「もっときれいになって生えてくるよ」と言われても、それで慰められることはなかった。写真を見ると、虱博士の犠牲者は頭にリボンを巻き、ほとんどかわいいとさえ言えそうで、『後宮からの誘拐』（モーツァルトのオペラ）なら素敵なアクセサリーになりそうだが、女の子たちはみな侮辱されたような不満げな表情を浮かべている。わたしの小さないとこのジャクリーヌは怒りで口をへの字にして、グループ写真のためにポーズをとっているものの、そのほほえみを押し殺した口元は、まるで頭のリボンと同じ生地でできているように見える。

大急ぎで髪を切られ、コソ泥の職員に怒鳴られ（「監視員はみんなユダヤ人の女性だった」と付け加えるのをアンドレは忘れなかった）、施設が衛生的とは言えないとしても、今のところはとくにそれ以上の意味はない——髪は伸びるし、たかりは別の公共施設でも、毎日のように起きることだ。だが、「選別」という言葉のように、レールの終点では意味が変わる。あそこでは、服は最後の一枚まで剝ぎ取られる。髪を剃るのも、顔を飾ったり、女らしさを与えたりするよりも、産業に再利用した方が有益だと見なされたから。隠しておけたかもしれないものも身ぐるみ取り上げられる。ジャクリーヌの手首で何千回も腕組みしたミッキーの時計は、もしパリの寮で羨望のまなざしから隠すことに成功し、寮を変わる際に紛失していなかったとしても、結局は何千というほかの腕時計、鉄と金の、革バンドの腕時計、置き時計や懐中時計がつくる塚にまぎれてしまっただけだろう。狙う相手もいない時限爆弾のように、時間のずれたチクタクが聞こえてくる巨大な塚、地中から引き剝がされたとてつもないコオロギの巣の上に。その音と、ボタ山のような堆積の光り輝く太鼓腹じみた曲線の周りに、収容所の助手たちが輪になって集まり、殺人の報償として時計が一つずつ再分配される。

とは言うものの、UGIFでも改善されたことはあった。女の子たちはしっかり食べさせてもらって、ようやく普通の食事をとることができた。ローズによれば、最初の数日は、食事時《どき》にもらったパンを隠しておいて、残りの時間を耐えしのごうとしたという。ボーヌ・ラ・ロランドでもそうしていたからだが、やがて食事は十分に、しかも毎回あることがわかった。そして、ようやくまた学校にも行けるようになった。たとえ、年少者はユダヤ人学校へ、アンドレは「補習クラス」として、年度途中でも登録しやすい私立学校へ通うという不慣れな環境でも、また文房具などが少し足りなかったとしても——手紙では、いつもノートやペンや消しゴムを探し求めていたようだった。

レジャーはなかったが、日曜日には「連絡員」、すなわちUGIFの事務局にわざわざ住所を知らせて子どもたちを受け入れてくれる人のところへ行くことが許可されていた。アンドレがパリ一一区のポパンクール通りに住むリエット・ベルニエ、またの名をおばちゃん《タンティーヌ》と知り合ったのも、この制度のおかげだった——そこは現住所から五分のところにある、とアンドレはバルコニーの窓からそちらの方角を指さして言った。リエット・ベルニエの姿は白黒の写真コピーで見たが、わたしには色が見えるようだった。髪をセットし、目元にはアイライナー、耳元には髪留めをつけている姿が、灰色なわけがない。きっと金色やエメラルドグリーン、紫色だったと思う。

彼女はジャック・ドゥミの映画に出てくる人の良い、不思議なおばあさんのような雰囲気で、今にも歌い出しそうだった。しかし、アンドレが会ったとき、リエットはまだ療養中だった。「どんな人生を送ってきたか、話してくれたの。ブルターニュの沖合で難破事故が起きて、娘さん二人を亡くして、戦争の直前にね」若い女の子と特別な絆ができたのは、そのせいかしら。リエットはほかの女の子と結びついていてもよかったはずだが、ほかの女の子たちは消えてしまった。子どもたちが消えてしまうこの世界では、よくあることだ。「最初、彼女は五人の子どもを受け入れていたわ。それから、二人になった、エヴリン・カンとわたし。それから、わたし一人だけになった。彼女のことは大好きだった」おばちゃん《タンティーヌ》はブリオッシュの匂いを漂わせていても、状況を見誤ることなく、自分の家まで来たアンドレの身に降りかかる危険と、彼女の落ちこみぶりを見て取ると、この子を助けようと決心した。アンドレ・ネットワークの最初のケーブルを敷いたと言えるだろう。日曜日が来て、アンドレがどこか別の場所に行きたかったり、妹たちと何か企んだり、別の誰かと待ち合わせしたりしたい場合も、彼女は、問題なくおばちゃん《タンティーヌ》のところへ行ってきます、と言うことができた。それにアンドレは、父から送られてくる手紙の行間を読んで、指示に従い始めていた。まず、毛皮製品の工房へモーリス・ポピロックを訪ねた。「彼のところへはよく行って、戦争のことや脱出のことを話した」フェルドおじさんが妻と二人の子どもと住んでいるバルベスにも行った。彼らのアパルトマンは家庭的な雰囲気のなかで過ごせる場所となった——両親ともに消えることなく、子どもたちも監視下に置かれていない、小さな憩いの場。一家はラマルク収容センターから歩いて八分のところに住んでいた。

彼女たちは医者の診察を受け、ワクチンを接種された。もし病気で、熱が出たときには、医務室で面倒を見てくれて、有能な医者も定期的に巡回していた。バンジャマン・ヴェイユ・アレもその一人で、瘢痕の残るBCGワクチンを打ってくれた――まるでパストゥールその人が狂犬病ワクチンを打ちに来てくれたように。だからと言って痛くなかったわけではないが、それはほとんど名誉ある痛みだった、というのも、六七歳になる老ヴェイユ・アレは、ネッケル小児病院の仕事から抜け出してきただけでなく、医学の教科書から抜け出してきたような存在だったからだ。彼は一九二〇年代に、乳児や小児に結核ワクチン接種を実施した最初の医者の一人だった。しかし、その偉業だけでは十分ではない。病院でのキャリアが、ほかのユダヤ人医師と同様に差し止められたので、まるで医学生あがりの駆け出しのように、彼は町の小児科で働くことにしたのだ。彼はこの仕事に身を捧げてさえいた。一斉検挙の後、パリ冬季競輪場《ヴェル・ディヴ》に人々が五日間押しこめられた際に、治療行為を許された数少ない医者の一人だった。そこでは、今まさに殺されようとしている人間への緊急医療を施すしかなかった――感染症にかかっている患者を隔離する通路を決定し、妊婦を解放するように説得を試み、ペニシリンを用意するように懇願し、人々が死にゆく姿を見つめた。一万三一五二人の収容者を監視する七〇〇〇人の警官に対して、八人の医者が現場にいた。これが、彼が目にしたものや耳にした叫びを忘れようと願ったこの五日間の内訳だ。センターの子どもを治してやりながら、あれ以上ひどいことはないだろうと自らに言い聞かせていた。UGIFの幹部になった彼は、理事会の同僚たちと同じように、そこを悪に対する救いの場にしようと願った――ワクチン巡回も、子どもたちを見えない病気から守り、未来へ押し出してあげるという意味では、より良いものを信じる力の表れと言えるだろう。

アンドレ、ジャンヌ、ローズをはじめ、彼の世話になった子どもたちの手紙や日記を見ると、誰もがこの老医師のことを覚えていて、話題にしている――彼の人となりというよりも、注射と、接種後の発熱の方だけれども。バンジャマン・ヴェイユ・アレ博士は、ほかのセンターと同じように、ラマルク収容センターにも来た。子どもたちの服を脱がせ、診察したが、臨床医としての彼が眉をひそめたまなざしのもとに何を捉えているのか、質問をし、返答の意味を考えているときに何が起きているのか、子どもたちにはさっぱりわからなかった。この子にはパリにおじさんがいて、あの子には田舎に親類がいる、こちらはもう状態が悪いのでここから出してあげなければ、あっちはずる過ぎる、いや甘え過ぎる――子どもが彼のネットワークを通じて逃げるためには、臨床上のどんな基準をパスしなければならなかったのか、わたしには見当もつかない。「体重計に乗ってごらん」「舌を出して」「少し咳をしてみて」――閉じられたドアの後ろにある白い診察室で下された決定が、あのときの子どものうちの誰が今もわたしたちのそばで生きているかどうかを左右したのだ。頭囲を測ったり、注射をしたりした子どもたちの誰かが、先の見えない未来で、台所のテーブルで新聞のページをめくり、とぼとぼと歩く老人になり、辻公園のベンチで彫像のように静かで、すずめの群れのように生きているおじいさんやおばあさんになるとは、まさか彼も思わなかっただろう。

ヴェイユ・アレは手際よく、子どもたちの軽い体重と重い心を測った。目の前の子どもたちは縮んでいた。なかには、大きくなったら、両親が見分けられなくなるかもしれないと思い、成長することを恐れている子どももいた。盗みをはたらいたり、殴り合ったり、口を利かなくなったりして、集団生活が難しくなる男の子も多くいて、そういう子どもたちは特別な寮へ入れられることもあった。食欲不振に陥り、継続的に栄養を摂ることを拒否した子どもたちは、痩せ細った身体で何かを非難しているようだった。

高名なヴェイユ・アレ教授は報告書を書き、一日のうちになるべく多くの子どもたちを診察できるように急ぎ足で歩き回り、何人かはセンターから解放できるようにした。ほかの人からそっとしておいてもらえる社長のような流儀が、彼にはあった。いたずらっぽさや優しさにほだされることなく、業務に従事することは無理だと自分でわかっていた。彼は年老いて、醜かった。頭は禿げ上がってしみだらけで、頬とまぶたがくぼんでいては、子どもたちと親しくなるどころか、怖がらせたにちがいない。一〇人ほどのワクチンを打って診察が終わると、バンジャマン・ヴェイユ・アレは注射した子どもたちの名前も年齢も、今すぐにではないが、彼らがいつか行くことができるはずの祖父母の住所もすべて暗記して、道具や注射器を片づけ、白衣を折りたたんで革鞄にすべりこませ、代わりに黄色い星が縫いつけられたコートに袖を通した。次の収容センターへと急ぐ、番号は六四、または七三、あるいは三六、UGIFがパリ市の委託を受けて、最近数カ月のあいだに開設した収容センターのどれかだ。急ぎ足で通りを歩きながら、彼は子どもたちの渡し屋の数、対応可能な里親の数、ユダヤ風の名前ではない祖父母、まだリストに載っていないアパルトマン、あれこれの理由をつけて自由地域へ逃がすための計画などを、再計算した。どこにどれだけ場所の余裕があり、信頼できる家族がいるか——彼の頭の中には、虱がたかった、熱っぽい子どもたちの臨床上の知見だけでなく、毛の抜けた頭と疲れで充血した目の裏側に、地図や指標や時刻を集約した地下司令本部がまさしくできあがっていた。この時期、彼はあまり寝ていないはずで、ほとんど毎週のように、パリを離れる同僚や友人にさよならを告げていた。ときには逮捕されて、さよならさえ言えない相手もいた。彼はUGIF幹部の証明書を所持していたために、当面は逮捕を免れていたが、それには意味がないことをだんだんと思い知るようになり、残り時間も限られているのだと思うと、出来るだけ早く次の収容センターへ赴いて、ほかの子たちの喉の状態や目の奥を調べつつ、彼らを逃がす方法はないかと考えた。一定のリズムで、法に則って、不平等な公平さの基準に従って、遠い先のことは考えないで計画することは、一方で嫌気がさしたが、他方では慰められもした。

彼が急いでいたのは、家のあるじに出くわすのを避けるためでもあった。ラマルク通り一六番地の四階、つまりモンマルトルの丘から突き出すようにして、パリ全体を見下ろす最上階に、収容所長のエドモン・カーン大佐の執務室があった。カーンはモーゼと同じくらいユダヤ人で、ここに収容されている誰にも劣らずユダヤ人だった。彼が自分の役割についてどう思っていたのかはわからないが、このあり得ない状況下ではこの機関がいちばん安全な場所だと間違いなく信じているUGIF幹部の一員だった。また、ここなら自分の命も仕事も守れると思っていた——それは本当に事実だった、というのも、彼は無傷で戦争を乗りきったのだから。もともとは織物業に携わり、第一次大戦で大尉を務めたカーンは、子どもたちの証言によれば、ラマルク収容センターでもブーツに乗馬ズボンを穿いていた。子どもたちはカーンを恐れていたが、衛生状態や食料調達の面では改善を図り、彼らにとって良いこともしたのだ。対独協力者のなかでも、階位を上げることに成功し、さまざまな証言があっても、書物においてさえ決して裁かれることのない人間がいるものだが、彼もそうした一人だった。

ヴェイユ・アレとカーンは、二人ともUGIFにおいて責任ある地位についていた。前者は役員会のメンバーで、後者は傀儡政権に任命されていたため、その責任の範囲も、できる行動の範囲も異なっていた。彼らを判断するのは簡単ではない。医師の方は陰の部分が足りず、大佐と親しく付き合うのも下手だった。確かなことは、彼らが一緒に働き、どういう振る舞いをするべきか考えるときに、進行中の災厄に関してほとんど同じ情報しか持っていなかったことだ。だが、彼らが下した決定は違っていた。一人は子どもたちを田舎の里親のもとへ送り、もう一人はドランシーへと送ったのである。

隔離期間が終わるとすぐに、アンドレ、ジャンヌ、ローズは、カーンの監視塔へ呼び出された。秘書が彼女たちを事務局の廊下で待たせた。彼女たちも知っている姉弟が、身じろぎもせずに秘書室で待っていた。秘書は電話しながら書類を読み返し、彼らに一瞥もくれない。姉と弟は椅子の上に背筋を伸ばして座り、ベージュのテーラードスーツを着て、彼らに関係のあるリストか書簡を抱えている女性の方へ、ときどき視線を投げかけた。自分たちではジャンとマルグリットと名乗っていたが、食堂ではみんなヤニェクとマイダというポーランド名で呼んでいた。足元には革製のスーツケースを置き、およそ七歳と九歳の二人は、口を閉じたままだ。しばらくして監視員が、三階分の階段を息せききって上って来た。監視員がドアのところにとどまり、子どもたちに話しかけていいものか迷っていると、秘書が引き取って言う。「立ちなさい、案内します」それから彼女は書類のどこかにチェックを入れる。子どもたちが椅子の上から動けずにいると、彼女は「ドランシーへ連れて行きます」と付け加えた。秘書の視線に促されて、監視員は自信なさげにうなずいてみせた。「ご両親に会えるわよ、ジャン、さあ、スーツケースを持って」そこで二人は立ち上がり、その場を去った。

カミンスキ家の姉妹は、さらに数分間、誰に話しかけられることもなく、廊下の椅子に座って、自分たちもドランシーに行くことになるのではないかと思った。突然、秘書の机の背後のドアが大きく開き、中からどことなく灰色で、金属質で、少し汚く、なんとなくパリの橋の下を思わせるような、喉に羽根と糞《ふん》が絡まったような声がした。人影より先に声が聞こえた。「彼女たちはそこにいるか」――「はい、大佐、ここで待っています」と秘書は、初めて彼女たちに気づいたような顔をして言った。「入れなさい」

ラマルク寮の建物の南西の角にある監視塔で、大佐は窓から射し込む逆光に包まれていた。四階でしかないが、すぐ下の坂道とコタン・パサージュの階段が、塹壕のように暗く沈んでいたために、執務室は実際よりも高く見える。パリはそこから数キロメートルにわたって、半円形に広がっている。「君たちに招待状が届いている」と彼は厳粛に言った。「ご友人のカナパ中将が、クリスマスを君たちと過ごしたいそうだ」

このやり口はごくありふれたものだ。収容期間中、ユダヤ人の子どもたちは、彼らを招待して気分を変えさせてくれる近親者や家族の友人宅に行くことが許されていた。一日の終わりには子どもたちがちゃんと帰ってくることが約束されていれば、問題はなかった。ピュトー在住の、ズィーラという名前で応答した遠縁の親戚が、わたしの小さないとこたちを一度か二度、遠足へと誘ったことがある。ズィーラは、結局UGIFの寮まで女の子たちを連れ戻した。わたしの祖母はあとになってそれを知り、怒りをおさめることができなかった。なかには、子どもたちを手元に置き、こっそり逃がし、表向きには逃亡を防げなかったことを嘆いてみせる者もいたからだ。もちろん、約束したとおり、子どもたちを連れ戻す者もいた。みんな自分のできるやり方で、ドランシーの軌道に対してそれぞれが恐怖を感じながら、交渉を試みたのだ。

シャン・ド・マルスに沿ったエミール・デシャネル大通り四番地所在のこの軍人の邸宅で妹たちとともに過ごした夕刻を、アンドレは美しい思い出として語る。それはウォルトという有名なデザイナーから買い取った豪邸で、前の所有者がファサードに刻んだ舞い落ちるアカンサスの葉と、石に刻まれた白ワイン色の絹業者の姿はそのまま残しておいたようだ。海軍中将が、クリスマス休暇を利用して、彼女たちを複数回にわたって招待したのか、その冬にほかの兄弟姉妹たちも招待したのか、わたしは知らない。みんなをリビングに座らせて絵本やおもちゃのトラックやお菓子をくれたのか、それともボーヌ・ラ・ロランドの小さな友人たちだけが例外だったのかも、わたしにはわからない。戦傷者だった彼は少し頭がおかしかったのか、それともサンタクロースの袋を担いで良心を特売したのか。たぶん、彼の妻と子どもたちも一緒だっただろう。それとも、子ども好きな独身の老人として一人で行動し、子どもたちを膝に乗せて、マッチでおならに火を点けたり、幻灯機を見せたりして楽しませたかもしれない。家には天井まで届くもみの木があり、人目を引いたという。それに小間使いに子どもたちの送り迎えを言いつけるための呼び鈴もあった。レモネードの入ったピッチャーやお土産は小間使いが用意してくれた。アンドレは立派な人形を受け取ったことを覚えている。

太陽が沈み、夜が始まり、大通りの明かりやもみの木の飾りに取って代わると、もう半分眠りかけているカナパ中将は、最後にもう一度、肘掛け椅子のビロード地に埋めこまれたボタンを押した。小間使いを呼び、彼女に運転手を呼んで来させる。小間使いは子どもたちがコートを着るのを手伝い、百貨店の名前が金文字で綴られた赤いリボン付きの紙袋に詰めこんだお土産を渡し、さようならと言った。

彼女たちのために用意されたリンカーン・コンチネンタルの後部座席で、砂糖と疲労に満たされたカミンスキ三姉妹は、もう何も話さず、タールと星の色を帯びて通り過ぎていくパリの街並みを眺める。アレクサンドル三世橋を越え、コンコルド広場を悠々と通過する様子は、一九四二年の冬に同じ大通りをメルセデスベンツに乗って過ぎていった各国大使とナチ高官を思わせる。ロワイヤル通りを上り、だんだんと下町へ入っていき、サン・ラザール駅、クリシー広場、モンマルトルと続く。運転手が扉を開け、女の子たちはつまずきながら壮麗な車の外に出る。顔を上げると、寮のファサードがほとんど真っ黒に見えたはずだ。最上階の大佐の部屋の窓にだけ、黄色い明かりが灯っている。

翌日、彼女たちはコルマン姉妹が別の寮へと送られ、自分たちだけがラマルクに残ったことを知った。もらった人形は共同寝室で盗まれた。「監視員のしわざ」とアンドレは推測している。


ラマルク通りからギィ・パタン通りまでパリの坂道を下りていくと、通りは分岐し、遠くまで見通せるようになる。通りは本屋やカフェの前、田舎風のペンキを塗ったテラスを横目に、街のずっと遠くまで分け入っていった。この坂は急で、自然と足取りが早まり、心臓がどきどきしてくる。この坂を起点に、セーヌ川沿いに見えるいちばん上品な建物から、いちばん目立たない界隈まで、そしてクリシー広場まで、パリ中のどこへでも行くことができる。クリシー広場といえば、プラスチック製のエッフェル塔、スパンコールの付いた結婚式やバル・ミツヴァ（ユダヤ教徒の成人式）向きのドレス、おしりの部分に穴が開いたビニール製のレギンス、合成皮革の鞭まで、とにかくなんでもあった。いま、わたしが歩いているところには、カウンターにスツールが三つだけの、肉入りのサンドウィッチを売る食堂があり、アルジェリア菓子店では、アーモンドペーストで出来たピンクと緑の花の野原の上に、蜂蜜と砂糖たっぷりのお菓子を詰めたかごが置かれている。都市の内部にある謎めいた結びつきによって、サクレ・クール教会の真っ白な外壁が少しずつバルベス地区に沈みこんでくる。六人の女の子たちはどの道を、どの階段を通ることができたのか、どこを曲がってここまで下りてきたのだろうか。

ラリボワジエール病院の裏手に、彼女たちのパリで二番目の寮があった。通りの名前になっているギィ・パタンとは啓蒙主義時代の医師であり、その執刀は避けるべしとされていた。彼はソルボンヌでの講義に秀でており、医学のことを別にすれば、ほぼあらゆる話題について話した。ギィ・パタンの人生は、血液循環と文学に関するかなりの量の書簡を書くこと（手紙の多くには「ギィ」とだけ署名されている）と、名誉毀損や借金に関する訴訟を闘うこと、そして当時としては最大級の図書室を整備することに費やされた。版画で残された肖像画を見ると、ポン引きのような無邪気さがあり、晩年のアントナン・アルトーが描いた自画像のように、穏やかで落ち着いた顔立ちをしている。骨張った顔には天然痘の痕があり、前髪は薄く、地肌が見えていて、あごがしゃくれている。

ギィ・パタン通り九番地の小さな中庭に入ると、マグノリアの花がごみ箱と戯れていた。ここは「家庭の屋根」という名前でも知られていて、規模の差はあれ、集団生活を送るために提供されていた。この建物は、二〇世紀初頭、「少女たちのためのイスラエル人の家」を創設するために、アデライド・ド・ロートシルト男爵夫人から遺贈されたものだった。戦争中はＵＧＩＦに委託され、一斉検挙の後で孤児となったユダヤ人女子児童を受け入れ続けた。戦後は、外国人学生を受け入れる寮となった。ユダヤ人学生が中心だが、それだけではない。部屋の家賃は安く、学生たちは協同的かつ宗教的な生活を送ることができた。今日では社会住宅に宗旨替えしており、こぢんまりとしたアパルトマンや一人部屋に改修されている。

実際のところ、この建物へと近づく道のりほど、少女たちの寮の存在からほど遠いものはない。界隈の雰囲気、通りの端を通過する地下鉄の高架橋の振動、そして通りの名前の由来となっている医師は今でも、病院のごみ箱のあたりで、科学のために、または個人的な理由のために、ねずみや使用済みの注射器を探し回っているに違いない。黄色と赤の煉瓦造りのファサードは、高い窓と中庭を囲む二つの翼部が、美しい外観を呈している。だが、そのシンメトリーは見せかけのものだ。右側から入ると、屋根へと開けていく優美な階段があり、つるつる光る木製の手すりと踏面は、パリの名門高校の内装を思わせる。ところが、左側から入ると、それぞれの踏面は一本の小さなねじでやっと留められているだけで、むしろ何世代にもわたって労働者や使用人がここで送ってきたつつましい生活や、警察による手入れを連想させる。

わたしは続けざまに二つの階段を上ってみた。最上階まで行くと、そのたびに一階まで戻り、裏にある小さな庭を抜ける。最初に出てきた住人は不機嫌そうな態度で中庭の格子扉を開けてくれ、二人目の住人は笑顔で建物の内部へ入れてくれた。階段の段差は高く、傾斜は急だった。妊娠六カ月のわたしは、六階まで上がると息切れして、鼓動が速くなり、赤ん坊がおなかの中から蹴ると、まるでこっそり客を連れて入ってきたような感覚になる。あるいは手下というべきかもしれないが、それならどちらがどちらをより守ってくれているのだろうか。

「親愛なるラボリウ様、これまで手紙を出せずにいて、ごめんなさい。封筒がありませんでした」ミレイユがこの建物から最初に出した手紙は、一九四三年一月三〇日付だった。ありがたいことに、ユレさんなる女性がいたのだ。「バヌさんの娘さんのユレさんが会いに来て、封筒をくれました。手紙を書けるのは、彼女のおかげです」ユレさんというのが何者なのか、まったく見当もつかない。監視員なのか、慈善家の女性なのか、ユダヤ人なのか、そうではないのか、いずれにせよ、彼女のおかげで、わたしたちは今日、ミレイユ・コルマンがUGIFの収容施設から出した手紙の冒頭を読むことができるのだ。手紙は全部で六通あり、一九四三年九月四日にサン・マンデから出された手紙が最後である。

ミレイユは煉瓦敷きの小さな中庭に面した部屋のどれかで、人が行き来するのを見ながら、手紙を書いた。手紙を書いたのは夜で、下から夜勤の監視員だったテレーズ・カアンが弾くピアノが聞こえてきたかもしれない。彼女はよく夕食の後にピアノを弾き、少女たちといくつかの歌を歌った。得意のレパートリーはロマン派音楽で、歌詞には森や川がよく出てきて、ロンサールやアポリネールを翻案した抒情曲が多かった。そうした曲は、青色と金色がかった奇妙な炎の印象を与える。あるいは、普通なら冬のパリでは見かけない花、彼女たちがもう行くことを許されない植物園やアルトゥイユの温室なら育っていそうな、赤い口唇状の花を思わせる。テレーズ・カアンはそんな曲を演奏できたが、デザートの伴奏に少女たちがお願いした小品もなんなく弾きこなした。そんなとき、彼女はがっしりした肩と大きな歯から、おかしな具合に歌を立ちのぼらせた。彼女の手は大きすぎたし、着古した服を身にまとっていた。あらゆるコンサート会場から締め出され、素晴らしい生徒を次々に失うという環境でも音楽を続けようとしてきたせいで、目の周りには隈ができていた。いや、彼女はもともと目に隈があって、肌もこんな感じだったし、歯もこんな感じだった。煙草をやめるくらいなら、隈ができる方がましだった。見かけの女らしさにはもはや関心はなく、寮の音楽にだけ愛嬌を振りまいた。もちろん、それは夜勤のたびにゴロワーズを一箱空にして、子どもたちを楽しませ、鍵盤を叩いて歌わせているかぎりにおいてである。

ミレイユは煙と笑い声とピアノの音から遠ざかり、封筒と鉛筆を見つけて、こう書いた。「ご承知のとおり、ラマルク寮を離れて、ギィ・パタンという別の寮に来ました」——「ご承知」なのはラボリウさんと、娘のマリーとアンジェリーヌで、彼女たちはモンタルジにとどまっていた。ナタン・ルスが下宿し、友だちになった家族で、ハヴァとリソラの夫婦とも仲が良かった。寮から出されたミレイユの六通の手紙は、すべて彼女たちに宛てられていた。わたしの知るかぎり、そして入手した資料を見るかぎり、この長女は一度たりとも両親に手紙を出さなかった。叔父と叔母、つまりわたしの祖父母にも出さなかったが、おそらく住所さえ知らなかったのだろう。この年の初めに手紙を出して届く相手は、そして返事がもらえる相手は、モンタルジのラボリウ一家に限られていたようである。ミレイユは、ときには自分ひとりで署名し、ときには妹たちに鉛筆を渡して名前を書かせた。

ギィ・パタン、またの名をＵＧＩＦの「第三〇収容センター」に到着すると、彼女たちはまた二週間の隔離生活に置かれた。虱博士はあいかわらずやって来るし、ベッドは破れていたけれど、共同部屋というよりは個室に入れられたため、プライバシーを再び手に入れたことにはほっとした。子どもたちの数は少なく、職員はもっと言うことを聞いてくれた。「わたしたちは元気です」とミレイユは書いている。「お返事をいただけないのが心配です。お便りを、毎日お待ちしています。どうぞお元気で」

彼女たち自身の健康は、十分すぎるほど管理されていた。パリの端から次々に送られてくる児童は、みんな痩せ細り、肌を掻きむしって出血していた。写真には、ターバンを巻いた女の子や、かつらや帽子をかぶった女の子が写っている。ギィ・パタンには、歯科医のシュミット医師がいて、パリ北部の「特定済み」児童の歯科衛生を担当していた。シュミット医師は、やることがない子どもたちの外出の口実となり、第三〇センターはそれだけの理由で有名になった。彼女たちはまた、考え得るかぎりのあらゆる種類のワクチンを継続的に接種されていた。「わたしも妹たちも健康です。ギィ・パタンでは、ジフテリアや腸チフス、破傷風の予防注射をしてもらえます。とっても痛いけれど、これで病気にならずにすみます」

外出できたのは、学校と日曜日の「連絡員」に関するときだけだった。付き添いなしで、グループで外出することは絶対になく、ごみ箱のそばや病院の裏にギィ・パタンの姿が見えると、彼女たちは思わず足を早めた。ギィは彼女たちへの嫌がらせをいつも考えていた。たいていの場合、ギィは彼女たちのあとをつけて、反ユダヤ主義的な侮辱の言葉を吐くだけで満足していたが、ときには彼女たちに、犯すぞ、何人まで相手できるんだ、などと言ってくることもあった。大通りまで付いてきて、何も言わないときもあったが、殺すぞ、と口ごもることもあった。「日曜日になると、昼食に呼び出してくれた人のおうちを訪ねて、外出します。ごはんはおいしいし、日曜日が待ち遠しいです。毎日、ユダヤ人学校へ通い、給食を食べ、夜になると戻ってきます」

ミレイユは最初の手紙の末尾で、鉛筆や消しゴムなどの勉強道具が不足していることを心配している。ラボリウさんとその娘たちに、なんとか工面してもらえないだろうかと頼んでいる。カミンスキ家の姉妹が二日前にギィ・パタンに到着したことも、同じ手紙で知らせている。モンタルジの六人の子どもたちが、またこうして集まったことは、モンタルジに居残っているラボリウさんにとっても嬉しいはずでしょう。最後は、明日は朝早くから予定があるのでもう寝なければ、と言い、キスを送ります、と結んでいる。

ギィ・パタン通りの寮は、とっくに夜になり、戒厳令下で消灯された街灯が連なるなか、奥まで闇が広がっている。四つの階にわたって、天井の高い寝室で一〇〇人の女の子が寝息を立てて、一〇〇の夢を見ているとき、毛布から漏れ出るささやき声は、まるで街中のパン・デピス（スパイス入りのパウンドケーキ）の工房みたいに甘い。そのあいだにも、地下鉄は通りの端を震わせ、しゃくれたあごの亡者ギィは、病院の裏でごみ箱を漁る。やつはどこかへやってしまった原稿を探している――政治パンフレットや第一次大戦の記憶、歌詞集の類、なぜならギィも抒情家なのだ。ごみ箱をひっくり返しながら、国際ユダヤ陰謀論を叫び、金持ちロートシルト家を声高に罵る。あいつらのせいで、この建物のなかに寄生虫のような娘たちがすやすやと眠っているのだ。親のない浮浪児のような娘たちが他人のパンを食い、パジャマをまくり上げて、今頃は自慰に耽っている。彼女たちがお互いを訪ねて、すべすべした手で助け合っているあいだに、ギィのような連中は腹をすかせて死にそうなのに。

一九四三年二月一〇日、ミレイユの最初の手紙から一〇日後、一台のバスがまだ夜のうちに、寮の前で駐まる。それが夜だったのは、テレーズ・カアンが姉のルイーズに何が起きたかを書き送った際に、朝番の職員との交代を一人で待っていたことに言及していることからわかる。もし彼女がまだ音楽家として仕事していたなら、この時間帯にはもう、あちこちの生徒のアパルトマンを巡り、コンサートを終え、自宅で床に就いていたはずだ。今週はリサイタルの練習をし、譜面を起こし、生徒のジャック・ルゲルネが作った曲を読み返す――ロンサールとアポリネールの詩を錬金術師の鍋で翻案したのは彼だった。しかし、ここでは、四三歳の彼女は、親のいない子どもの世話をしている。夜明け前に食堂の閉じられたピアノの前で、頭の奥底に残るメロディーを追いかけて眠気を覚まし、上半身を揺らし、見えない鍵盤に屈みこみ、エプロンのポケットの中で手を握りしめ、誰の眠りも妨げないように鍵盤に触るのを自制していた。

だが、自分の内なる音楽以外の音が、通りの方から聞こえてくる。モーターがその場で回る音が数秒続き、それから止まった。ドアの開く音がし、石畳の中庭を歩く足音がする。彼女は一人きりで、あとで姉に宛てて書いたように、「子どもたちに知らせたのはわたし」だった。召集を受けた子どもたちは、つい最近、テレーズが「ド」と呼んでいるパリの端の住宅地から着いたばかりだった。

中庭で待っている私服の司法警察から渡されたリストにしたがって、テレーズは子どもたちをひとりずつ迎えにゆき、眠りから引き剝がさなくてはならなかった。リストを読むのに、最初は数秒かかった。外の街灯はもうすっかり消えていたが、モーターの唸りとともに車のヘッドライトは点いたままだった。運転手が揺れ動く照明を切ったときには、彼女が未来を選択するにはもう遅すぎた。ここはその夜にバスが寄る最後の場所で、車内はすでに超満員だった。ここに来る前に、バスはラマルクに寄り、その前にはナシオン広場近くのロートシルト病院に寄っていた。彼女が外をよく見る時間はなかったが、見られる時間はあった。何十という瞳が、窓に顔を押しつけて、拳を握りしめ、あるいは手のひらを窓に押し当てて、彼女を見ていた。

時刻は午前五時になっていたはずだった。テレーズは朝番の職員が来てくれないかと期待したが、願いはかなわなかったようだ。入口ホールに入り、街の屋根を見下ろせる右手の幅広の階段へと滑りこんだ。女の子たちが持っていける物は何かないかと考えながら、階段を上っていくが、警官が「早くしろ」と急かすので、最年少の子どもたちだけに集中することにする。暖かい服を着るように言い、何か食べる物をあげたいと思うが、台所へ行く時間がない。エプロンのポケットに何か残っていなかったか。階段を上がり、各階ごとにそっと音を立てずにドアを開き、暗闇の巣の敷居をまたぐことなく、一つか二つ、名前を何度もささやく。押し殺した声で「起きて」「着替えなきゃ」と繰り返し、毛布の衣ずれとあわただしい裸足の足音を聞き取る。四階の部屋では、一つや二つではなく、三つの名前をまとめて、一息に、まるで一つのフレーズか、一つの単語のように呼ぶ。「ミナロラシモヌ？　ミ・ナ・ロー・ラ・シ・モー・ヌ？」それから、名前を離して、まずはシュテルンシュス家の長女で九歳半のミナを呼ぶ。ついで六歳のローラと八歳のシモーヌを呼ぶと、寝室は活気づき、同じような眼をした褐色の髪の三人はみんな起き上がって、同じような身ぶりをする。まるで照明に照らされた一つの花の三つの影のように。テレーズは彼女たちに「着替えて、また来るから」と言い残す。

「ベティ・サルティエルのことを思い出します」とアンドレは書いている。それはテサロニキ生まれでパリ育ちの、彼女の親友の一人で、この夜に連れて行かれたのを彼女は目撃した。知り合ったのは、ラマルク寮である。ベティの両親は一一月に連行された、というのも、パリとその近郊では、一一月にギリシア国籍のユダヤ人の一斉検挙があったからだ。一〇〇〇人以上の人々が一日のうちに逮捕され、四日後には死へと送られた。「褐色の髪をしたかわいい子で、紫色の瞳をしていた。六歳かそこらだったので、みんなが荷物をまとめてあげたんだけど、震えていたね」もしアンドレが話している女の子が六歳だったとすれば、追悼碑によると、それは一九三六年生まれのローラだったことになる。もしテレーズが、姉であるミナにローラの世話を任せたのでなければ、紫色の瞳の子はむしろ最年少で、まだたったの四歳でしかなかったジャニーヌ・リプシックだったことになる。全体で一一人の女の子がバスに連れて行かれ、すでに乗っていた三〇人ほどに合流した。前の座席の背面に額を押しつけて眠っているらしい子や、手をつないでいる子、外の方へ目を向けて、テレーズ・カアンをじっと見つめている子らのそばに、彼女たちは座った。テレーズはといえば、格子扉の前で身動きもせずにいた。その直前、玄関先のステップで女の子たちと急いでハグを交わし、何も入っていないに等しいスーツケースや、場合によっては学校の鞄で十分なくらいの荷物しか持たない彼女たちに付き添って、急ぎ足で中庭を横切ったばかりだった。

一一人の女の子が、まだ暗い寮の窓の下を通り過ぎていくとき、上階の子たちは額を窓に押しつけて冷たくさせながら、下で起きることを追いかけていた。どの棟でも、寝間着の白いシャツが廊下のガラス窓に現れるのを待ちかまえ、バスのヘッドライトが点灯し、発車すると、子どもたちは窓際から離れた。

ずっと寝たままでいた子は、朝食の時間になって初めて、一一人が欠けていることに気づいた。しかし、食堂でも学校でも、出席確認のリストに一一人の名前はもうない。教室に着いて、彼女たちの旅立ちが決定的であることを理解し、寮のすべての階のあらゆるグループに噂が広まる。テレーズ・カアンは、二月に姉宛に出した手紙で、ギィ・パタン以外の施設へ異動を申し出たことに触れている。「わたしは年上の子たちに、毎晩、高校や小学校から帰ってくるのではなく、逃げなさいとは言いませんでした。しかし、それこそが唯一言うべきことだったはずです」


「それ以外は、とくにひどいことはありませんでした」とミレイユは、事件の一〇日ほど後の手紙で付け加えている。この第二の手紙は二月二四日付である。「それ」とは、ジャクリーヌとミレイユが、今度はどんな病気かは知らないが、なんらかの病気からの回復期にあることを指している。寮内にはびこる黴《ばい》菌だけが病因ではなく、心臓や頭の内部にも関係していただけに、回復できたこと自体が謎めいていた。検挙のすぐ後、二月一五日に四歳になったアンリエットの誕生日は、この病気のせいでかなり重苦しいものになったはずだ。ミレイユはそのことには触れず、センターの医務室で手紙を書いた。ラボリウさんに、二人は発熱したが、もう大丈夫、と打ち明け、検挙のちょうど一五日後にあたる二月二四日に、「それ以外は、とくにひどいことはありませんでした」と付け加えた。

わたしたちが持っているミレイユの手紙には、どれもこうした平板さ、痛ましい平静さが漂っていて、それはある程度は検閲を予期していたためでもあるだろうが、とりわけ彼女と連絡を取ってくれる最後の人に対して、迷惑をかけたくない、これからも連絡を取り続けたいという気遣いがあったからだろうと思う。寮からの通信は、どれもだいたい同じ書きぶりだった。健康状態の報告、その週の予定、欲しい物のリスト、とくに学校用品、監視員にプレゼントを贈るためのお金――本当に愛着があったのか、それとも見放されないための配慮か、わたしにはわからない。第二の手紙は、この点で、最もノスタルジーを感じさせるものとなっている。アンリエットのためにチョコクリーム(「アンリエットがいつも欲しがるあのクリーム」は、ほとんどみんなが歌い出す広告の文句みたいになっていた)を送ってほしいという依頼に加えて、ミレイユはラボリウさんに家族の写真を送ってほしいとお願いしている。「ママとパパの写真を送っていただけませんか。一番きれいに写っているものを。それからアンリエットが巻き髪にしている写真や、ジャクリーヌ、ルスさんとわたしが写っている写真、また友だちが写っている写真もあれば、それも送ってください」第二の手紙は、六人の署名が入っている点でも、ミレイユのほかの手紙と異なっている。「ジャクリーヌとアンリエット、それからカミンスキ家の子たちが加わって、挨拶を送ります」実際に、ミレイユの名前に並んで、五つの違う名前が四つの筆跡で連なっている。ジャクリーヌ、アンリエット(たぶんジャクリーヌが書いてやった)、アンドレ、ジャンヌ、ローズ。

この時期のコルマン家の娘たちの名前が揃う二つ目の資料が存在する。二月二一日、同じ寮にいた子どもたちが連れ去られてから一〇日後、アンドレの一四歳の誕生日祝いに、コルマン姉妹は、少し版の古いエミール・ジェネストの『神話の物語と伝説』を贈ろうと決めた――一九三六年にナタン社から刊行されたギリシア神話の子ども向け再話版だ。学校の帰り道に、本屋で見つけ出したにちがいない。ページを開くと、原初の混沌《カオス》からアマルテイアの山羊、ミノタウルス、アフロディーテ、アルテミスまで、神話の神々に出会える。この本を選んだのは、たぶん挿絵のせいもあるだろう。ジョゼフ・クーン・レニエの版画は、子ども向けの話とエロティックな文学の橋渡しという伝統的な作風をもっている。この画家は、昼間はナタン社のために版木にインクを染みこませ、夜にはシモン・クラ社やサジテール社から出たピエール・ルイス（象徴主義の作家。エロティックな作風で知られる）の本の挿絵を描いた。それとは言わずに昼夜を駆けめぐった画風は、ここでは教育的な装いをしていたことから、彼女たちに選ばれることになった。彼の描き方はギリシア陶器の「赤絵式」を真似たもので、そこにベル・エポック流の味つけがされている。胸を半開きにした流れるようなチュニックをまとい、頭に花冠を戴《いただ》き、うなじと肩をあらわにして集うアテネの神々は、わざとパリの高級レストラン「マキシム」の客たちに似せている。記念にと、コルマン姉妹は表紙に署名した。ミレイユ、ジャクリーヌ、アンリエット、そして「アンドレの一四歳を祝って、UGIFギィ・パタン寮にて、一九四三年二月二一日」。興味深いのは、アンドレの誕生日は実際には三月一五日であり、二月二一日はその三週間前にあたることだ――彼女たちは、このだまし絵の宴を開くのを急いだのだろう。本を開くと、文章では、神々は殺し合い、犯し合い、貪り合っている。絵の方では、盃を交わし、踊っている場面しかない。

この手紙は、わたしが持っている。妹がコピーをくれたほかの五通の手紙もある。『神話の物語と伝説』なら、遠くまで探しに行かずとも、アンドレが自分の本棚から取り出し、わたしの目の前の家族のアルバムや「地域間郵便」と題されたファイルのそばに置いてくれた。わたしが読めるように数日間貸してくれたが、その気軽さはまるで、たとえば彼女がそのとき文庫版で読んでいたミシェル・オバマの『マイ・ストーリー』でも貸すかのような感じだった。

年老いたアンドレは、わたしと一緒に手紙やノートに目を通し、それぞれのページが呼び起こす思い出をたくさん話してくれた。この二年間にわたる資料について、わたしがした質問にも、すべて答えてくれた。しかし、戦後の人生に関わるアルバムについても、わざわざ多くの時間を割いてくれた。戦後数十年分のアルバムも全部テーブルに出したのは、それが現在とつながり、また彼女にとっては戦時中と同じくらい大事な記憶だからだ。彼女の肖像写真がたくさんあった。長きにわたって、彼女は赤絵式の人物のように美しく、マキシムの客のように優雅かつ軽やかに服を着こなしていた。彼女に会いにここへ来るとき、わたしは老人に会いに行くのだと思い、その老人のなかに少女の姿を認めることができればいいが、と思っていた。わたしが予想していなかったのは、アルバムの写真の中に、わたしと同い年くらいの女性を見出したことだった。アンドレはじっと身を縮めているために逃げ出したのではない。他人に着せられた貧しいぼろ服をいつまでも着てはいなかった。鏡の中で、カメラのレンズの中で、彼女はいくつもの姿を見せ、ページをめくると、そこにまぎれこんだ男たちのまなざしまでがフィルムに残されていた。彼女が逃げ出したのは、喪に服すためではなかった。ビニールカバーをかけた写真を指さして、青色のサテンステッチダーツ、赤い綿、紫のビロードなどと、そこに写っているワンピースの色や素材を的確に伝えることができた。また、写真を撮った友だちの名前を言い当てた。軽い付き合いの相手、求婚者たちの名前も挙がった。洋服棚から帽子をいくつか取り出し、わたしにかぶせてみせた彼女は、そうした身ぶりを忘れていなかった。涙に溺れるために逃げ出したのではなかった。

しかし、しばらくすると、彼女はつい最近の出来事で悲しみ、動揺を見せた。ほんの数日前に、夫が亡くなった直後に眼を奪われたことを知った、と彼女はわたしに言った――たぶん角膜の採取のことだろう、どのみち彼女の同意を必要としない措置だっただろうが、そのとき彼女自身もまだ入院中だったため、この喪失にはとてつもなくさいなまれた。「あのきれいな眼が……わかるかしら」彼女はそのことを繰り返した、まるでそれが人生で最も深く、最も古い傷であり、我慢しても手当てしても、何度も化膿してしまうかのように。「わかるかしら」写真には、公園の芝生の上や寝室、東屋や海岸、パーティー会場で写された彼女の姿があるが、そのとき彼女を見つめていた眼が失われたのだ。わたしはそこに自分の姿も見出せるだろう、というのも、わたしにもそんな写真が何十枚かはあるからだ。たった一人の男のおかげで、わたしがほかの誰よりも存在していると思わせてくれるような写真。アルバムを見せながら、アンドレは泣き出し、ついに泣きやむことがなかった。わたしに詳細を述べる必要のない孤独の痛みに陥って、彼女が泣いていたのは、数カ月前に彼女の人生から取り上げられた眼、彼女が美しかった場所に向けられたまなざしのためだった。

「アンリエットはわたしのそばにすわって、えんぴつと紙でちっちゃなへびをなんびきも作っています」とローズは父に宛てて、ギィ・パタン通りから書き送っていた。放課後、金曜日のこと。四歳と七歳だった年下の二人は、食堂のベンチに座っていたはずだ。紙を何枚か手に入れて、字を覚えたばかりのローズは手紙を書き、アンリエットは紙を破って鉛筆に巻きつけていた。年上の子たちはどこにいたのか、たぶん部屋にいたのかもしれないし、わたしが建物の後ろにあるのに気づいた中庭にいたのかもしれない。二つの階段とつながっている中庭は、わたしが訪れたときには、アスファルトで舗装され、雨に濡れて光っていた。また、庭の壁には蔦が這い、差しかけ庇の下では、好奇心旺盛な猫がステップの上までわたしを迎えに来てくれた。それはおしりのあたりが盛り上がった大きなとら猫で、手なづけがたい雰囲気をまとい、少しも親しげにならないまま、撫でられたり、物をもらったりできるという、あの猫に特有の能力を備えていた。ジャンヌとジャクリーヌもここで、猫をあやしたり、ステップに立って通り雨を眺めたりしていたのだろう。アンドレは部屋で本を読んでいる。ミレイユは医務室にいるかもしれない、というのも、一九四三年二月の検挙以来、彼女はおなかを壊し、ときどき発熱し、嘔吐し、咳きこんでいたからだ。手紙や証言を信じるなら、彼女がここで過ごした時間は、実際とんでもないものだった。

ローズとアンリエットは、学校から帰ってから夕食までの自由時間は食堂に居残っていた。髪が短すぎる頭を、紙の上に屈めている。顔を上げるといつも、食堂のベンチにはもう人が並んでいて、絵に集中していて何もかもすっかり忘れていた眼のなかで、ギィ・パタン通りや町全体が、かたちを取り戻す。彼女たちがお互いに言葉を交わすときに、あるときは犬に呼びかけるみたいな口調になり、別のときには宮廷のご婦人に語りかけるみたいな話し方になったのは、なんでも気にせずに真似してしまう年頃だったからだ。紙で蛇を作りながら、アンリエットはきっと大好きな「お父さんが子猫をくれた」という歌を口ずさんでいただろう。アンリエットは歌が大好きな女の子だったが、この「神様、なんて動物でしょう、なんておかしな動物」という歌がとくにお気に入りだった。紙をねじって急に放すと螺旋状になり、動き出し、テーブルの上で軽く飛び上がる。そのおがくずのような軽さは、鉛筆の削りかすや消しゴムのかす、鼻くそとともに、退屈した子どもが残す物に共通の驚くべき性質を表している。紙をちょっといじるだけで形を変えることができるし、アンリエットは抽象的なヒエログリフを書きこんで、それが「アンリエット」という自分の名前なのだと主張する。だが、当時の年齢や劣悪な就学環境を考えれば、彼女はまだ字を覚えていなかったと思うし、それに結局、字を覚えることもなかったことは、姉のミレイユが彼女の代わりに手紙に署名していたことからも窺える。アンリエットはまたひと束の紙を破り、ローズはかわいそうだというような顔つきでそれを横目で見て、紙の無駄だけど、それで妹が落ち着くならと思い、どこからでもいいから早くお姉ちゃんたちが来てくれないかと待っている。年長の少女たちは部屋か、後方の中庭にいて、庭では例の大きなとら猫が、毛を逆立てておなかを見せ、決して礼も言わずにビスケットのかけらを食べて、寮生たちを和ませている。アンリエットは紙を鉛筆に巻き続け、毎回、猫の焼き加減を歌ったエピローグへたどり着く。「おんなべに落ちた」と残念そうに歌うのだが、「おなべ」という単語の音を変えたせいでそこまで同情を引かない。最後の「なんておかしな動物」というリフレインは、まるで猫が「うさぎのように」食べられてしまうのは、猫自身のあやまちだと言っているようだ。

アンリエットとローズの二人が並び合っている姿を見るのは、それが最後となった。その日のうちに、テレーズ・カアンがアンリエットを迎えに来て、行かなければならない、ヌイイーにあるUGIFの最年少者を集めた寮でみんなが待っている、と伝えた。テレーズは荷物をまとめるのを手伝い、アンリエットの姉たちにこのことを告げる。また会えるの、という問いに、テレーズは「まったくわからない」と思うが、「すぐに」と答える。

アンリエット・コルマンはグループから最初に離れた女の子であり、いちばん長く離れたままでいた子でもある。彼女の年齢を考えれば、特別な寮へ移されたことは了解できる。そこはもともとプロテスタントの宗派が病気療養者のために建てた「マルグリットの家」であり、セーヌ川のすぐそばにあるエドゥアール・ノルティエ通り六七番地に位置し、その時期には「第四〇サービス」と名前を変えていた。「ヌイイーの託児所」と呼ばれることの方が多かったが、それは両親が移送された一〇歳未満の男女児童を集めた場所だったからである。アンリエットが六カ月を過ごした建物はもうなく、今ではなめらかなクリーム色の仕切り壁と、この優雅な通りの緑と静けさを楽しめるバルコニーが付いた集合住宅が建っている。対称的なデザインのファサードとガラス張りのバルコニーが並んでいる様子は、少し霊廟を思わせる。アンリエットは四歳、その年齢だと一日は一つの国に等しく、輪郭がほとんど見えないほど大きいものだということを考えると、この場所で過ごした六カ月はまさに深淵だった。そして、その意味がわかる彼女の姉たちにとっては、とりわけ妹たちを保護する役目を自らに課していたミレイユにとっては、この出来事は身体の一部を切り取られるような、殺人にも等しいものであり、自分が生き埋めにされると同時に墓穴を覗きこんでいる存在であるような埋葬を意味した。どこかへ押しこまれ、閉じこめられたかと思うと、今度は移動させられ、仲間や家族と理由もなく引き裂かれる人間になるということ、何の権限もない連中に、何も調べられることなく、あちこちへ連れ回される人間になるということは、どんなことなのか。ミレイユはいまもおなかが痛く、しょっちゅう医務室へ行く。ジャクリーヌはたぶんカミンスキ姉妹がいることに望みをかける。

数週間が過ぎた四月半ば、新しい選別があり、二人ともラマルク寮に連れ戻された。カミンスキ姉妹もすぐにやってきた。アンリエット抜きで、そしてその後の消息がわからないベティ・サルティエル抜きで、後戻りしたわけだ。それにしても、両親がいなくなった子どもたちがグループを作っては、たえず互いを見失い、離れていくとき、どんな気持ちになるものなのか。それはまるで、マトリョーシカの中の人形が順々に引き出され、奥行きのない空間に浮かんでいるような感じだ。もはや存在しない家族から引きはがされた彼女たちは、順々にグループを形成しては、またはぐれ、平時の用途を失ったこれらの場所へと散り散りになり、そこからさらにいつ引き抜かれてもおかしくない状態にあった。

五人の女の子がラマルク寮に送り返されたとき、建物の中庭を取り囲む壁には瓶のかけらが埋めこまれていた。アンドレが何度も見せてくれた写真では、ラマルク寮の女の子のグループ——またしてもターバンを巻いている——が、その壁の前でポーズをとっている。ギィ・パタンでの連行事件の翌日、ルーヴルのオラトリオ教会の牧師ポール・ヴェルガラに連れられたプロテスタントの信徒たちが、慰問の権利を利用してユダヤ人の子どもたちを散歩に連れ出し、そのまま帰って来なかったことがあった。その日だけで六二人の子どもがいなくなったため、カーン大佐は新たな警備体制を敷いた。外出をさらに制限し、壁にタールを塗り、縁《へり》に緑色の尖ったガラスを埋めこむのを上階から見張った。ヴェルガラに対するカーンのこの反応が奇妙なのは、子どもたちは別に壁を越えて逃げたわけではないという点だ。写真を見ると、実際にこの壁の整備はかなりおかしなもので、ガラスの突起は鳩のとまり木のように見えるし、学校の行き帰りやほかの外出に際してよく行われた脱出方法とは、ほとんど何の関連もなかった。それでも、アンドレがこのイメージについて何度も話したのは、彼女にとってはこれが状況の急速な悪化を意味するものと思われたからだろう。実際に、わたしも気づいたことだが、それは憂慮すべき事態を意味していた、というのも、一九四三年春には、UGIFの子どもたちは直接、ドランシー収容所の管理下に置かれたからだ。そしてドランシー収容所は、すでにフランス国内のナチスの管理下ではなく、直接ベルリンの管理下にあった。恐るべきものは壁の上部ではなく、法的に土台を固められた下部だった。問題は、ドラゴンの棘のような突起物ではなく、その下にある壁そのもの、一九四三年を通じて国を変えた行政構造であり、いまやここはポーランドの絶滅収容所の中に建設されたようなものだった。

壁の整備は離別の時期と一致していた。アンリエットに続いて、ほかの姉妹たちもすぐにそれぞれ別々の寮へと送られた。四月には、ジャクリーヌとミレイユのコルマン姉妹が、サン・マンデのグランヴィル通り五番地にある「第六四サービス」に配置される。以前は小さな産院、当時の用語では「助産院」だった場所で、ヴァンセンヌの森沿いにある個人邸宅だった建物内にあり、健康に不安のある女児を迎え入れ、森を散策し、少しでも良い空気を吸えるようにという気遣いから、そこが選ばれた。ミレイユの健康状態がかなり悪かったために、ジャクリーヌとともに入れられたのだろうと思う。六月に夏休みが始まると、カミンスキ姉妹の若い方、すなわちジャンヌとローズは「第五六サービス」、または「隣人の家」と呼ばれる別の施設へ入れられた。場所は西の郊外の外れ、サン・ジェルマン・アン・レとリュイユ・マルメゾンを結ぶセーヌ川の曲線内にあるルーヴシエンヌで、もとは農家の子どもたちを対象とした孤児院には、大きな庭や蔦のからんだ壁、ブランコを掛けられるくらい高い木々があり、女の子たちにとっては保養所のようだった。アンドレは一人、パリに残った。彼女はヴォークラン通りにある、活動を差し止められたシナゴーグに作られた寮へ送られた。

子どもたちは、それぞれ違う場所を行ったり来たりしながら、年齢や男女別などの基準に沿ってグループ分けされ、兄弟姉妹と再会したり離れたりしたが、その基準も状況とともに変化し、いつなんどき「ド」への召集を受けるかはわからなかった。

一九四三年の夏の初めの別れ以来、コルマン家とカミンスキ家の女の子たちが再会することはなかった。手紙も含め、何のやり取りもなく、せいぜい各地の寮を巡回する監視員から、ほかの子がどうしているかという知らせを聞くだけだった、とアンドレは証言する。生き残った者が今日になって語る友情と共同の監禁生活を通じて、彼女たちがほとんど姉妹のように過ごしたのは、モンタルジでの逮捕からパリでの戻りようのない別れまで、全部で七カ月間だった。わたしは思わず資料を読み返し、数え直し、彼女たちが出会った時間の短さに呆然とし、共同の運命を生きる親密さについて誤解していたらしいことに驚愕する。アンドレが話してくれたことや、彼女の日記やそのほかに書いたものを読むと、この七カ月はじつに大きな意味があったようだ。わたしもまた、過去と現在の証言を何度も読み返し、それらの日付を確定する資料を参照しながらも、これらの出来事がもつ本当の大きさというものを測るのに、長い時間を要した。彼女たちの友情は何年も続く時の宮殿のようなものだと思っていた。生き残った彼女たちが話すとき、ボーヌ・ラ・ロランドは、ある晩に現実にわたしが見に行ったもの——ビート畑に囲まれた農業高校の建物——よりも、はるかに広大な監獄島に似ていた。彼女たちがいつなんどき連れ出されるかわからなかったラマルク、ギィ・パタン、ヴォークランは、永遠に続く子どもたちの現在のなかに捕えられている。

この七カ月が大きいのは、鉄道の土手が高すぎて向こう側にある堀が見えないことがあるように、時間の垂直的な次元のせいでもある。彼女たちがボーヌ・ラ・ロランドに収容されていた二カ月のあいだに、第四〇、第四二、第四四、第四五とそれぞれ番号が付けられた四つの列車が編成され、ドランシーを出発し、アウシュヴィッツ・ビルケナウへ到着した――死者は四〇〇〇人以上に上った。彼女たちがラマルクとギィ・パタンにいた一九四三年二月と三月のあいだに、八つもの列車が編成され、八〇〇〇人以上が死んだ。そのなかには、二月一一日に連行された一一人の同房の子どもたちがいたし、ほかにも彼女たちが知っていた子どもがいただろう。アンドレによれば、「検挙はしょっちゅうあった。それにね、わたしたちを捕まえに来たのは、だいたいフランス人だった。子どもたちで、貨車の空きを埋めようとしたのね。そういうことよ。ラマルクで子どもたちが連れ去られるのを見たし、ギィ・パタンでもヴォークランでも見た」一九四三年の夏、アンドレと妹たちがもう同じ寮では暮らせなくなった頃に、さらに三編成の列車が出発し、三〇〇〇人以上が死んだ。

アンドレはこの一万五〇〇〇人の死者を見ていない。ただ時間が流れ、子どもたちが消えていくのを見ただけだ。八月一三日の日記にはこう記している。「わたしは決めた、もうここにはとどまらないと」そして、二〇二〇年の夏、写真アルバムや資料、手紙や学校の宿題の山を挟んで、彼女と会った今日もまた、彼女はわたしに言う。「そういうときがある、頑張らないといけないときが」

ラファエルが二〇二一年一月に生まれたので、調査を再開するまでかなりの時間がかかった。自転車は何週間も物置に放置し、わたしの小さないとこたちとその友人たちのパリにおける足跡を追うことは中断した。この物語が、あちこちでわたしを取り囲んでいるとわかっていても、考えるのをやめると、物語は穏やかな水面のように動かなくなる。たとえば、わたしが住んでいる通りからすぐ近くのところに、リュシアン・ド・イルシュ学校（幼稚園から高校までユダヤ教に基づいた教育を行う私立学校）があるが、そこはわたしの小さないとこたちと同じ日、つまり一九四四年七月二一日に七八人の子どもたちが検挙された場所である。若い母親として赤ん坊を胸に抱いてそこを通り過ぎるときに、学校の壁に掲げられた記念プレートを無視することはできなかった。

人生で二度目の、肉体が何にも中断されることのない力をもつ期間へとわたしは突入した。それはあまりに濃密で、昼も夜も、日付も時刻もわからなくなり、ただ起きているか寝ているかというだけの違いしかないような時間だ。この時期にわたしが読んだわずかな本――そして覚えている唯一の本――は『歌え、翔べない鳥たちよ』という、アメリカの詩人で公民権運動家だったマヤ・アンジェロウの自伝だった。妊娠中に読み始め、一月の空気のなかで少しずつ続きを読み、作家のからかうような話しぶりと燃えるような喜び、女神の怒りに身をまかせた。本の終わりのあたりで、アンジェロウはまだ一七歳の少女だったときに息子を出産したことを語っている。子どもを傷つけはしまいかと、触るのも怖かったことや、抱っこしていて落っことしてしまわないか、添い寝しているときに押しつぶしてしまわないかと心配したこと。そしてついにはほんとうに赤ん坊と寝ようとしなくなり、あまりに若くして親になった娘の混乱ぶりに心動かされた彼女の母親が、赤ん坊の世話をすることになった。しかし、三週間が経った頃のある晩、母親は娘に起きるように言い、ベッドをきれいに直して、もう一度娘を寝かせ、赤ん坊を連れてきた。夢とおしめと授乳で糊づけられた日々を過ごすことによって、娘が赤ん坊とやっていけるようにしたのだ。翌朝、目覚めると、母親は娘が赤ん坊を抱っこし、それとは知らずに正しい角度と支え方で身を寄せ合っているのを見た。わたしもラファエルを抱っこしながら目覚めると、赤ん坊の父親のヴァンサンが、まるで庭のように暖かさと光をくれているのに気づく。ラファエルを連れて歩き、ラファエルと一緒に寝て、また眠る。再度の外出制限による長い冬のあいだ、誰かを訪ねることも、誰かが訪ねてくることもめったになく、都市は自らに対して不在であるかのようだった。わたしは子どもが生まれたことを知らせるために手紙を書き、電話をして時を過ごした。子どもの写真を印刷し、親戚やカミンスキ姉妹、この世界の変化を知らないままではいてほしくない人たちに宛てて送った。子どもがもう少し大きくなって、夜には彼の父親とわたしのベッドから離れて、横向きになって、腕を上げて、おくるみをマントのように肩にかけて、スーパーヒーローの夢を見ながら眠ってくれる日を待った。わたしの母乳以外から栄養を摂り、お互いを見つめ合うよりもむしろ触り合ってきた厚い雲から一緒に抜け出せる日を待った。どこへ行ってもまぶたの裏に思い浮かぶほど顔に見慣れて、そのイメージを持ち運んで離れられるようになるまで時が熟すのを待った。

ある日、わたしはヴォークラン通り九番地に着いた。地図なしでも歩けるほどよく知っているクロード・ベルナール通りに自転車を停め、角を曲がると、まったく知らない横道に出て驚く。画面付きインターホンの前に立ち、一八時の礼拝のために来たと告げる。その前に少しシナゴーグを見学できるかと尋ねると、画面の向こうにいた管理人のドラメが解錠してくれた。ロビーの階段を数段上り、もう一度見学を願い出ると、やはり同じように認めてくれた。ドラメはわたしたちの正面にある、大きな廊下の反対側にあるシナゴーグの入口を指さした。

建物は本来の役割をそっくりそのまま取り戻していた。ここは信仰と律法《トーラー》の研究に捧げられた場であり、フランスでも主要なラビ養成の神学校である。わたしが入ってきた入口側のファサードは、この優雅な通りに連なる、少し黄色がかった白い石造りのほかの建物のファサードと似ていて、庇のついた高い窓も、錬鉄製のバルコニーも、スレート葺きの屋根も、内部のシナゴーグを思わせる要素は少しもなかった。ここが何に使われているのかがわかるのは、最初の壁を通り抜け、図書館に通じる広い中庭のまんなかに建てられた神殿を目にしたときだ。そこには神学を修めるラビ候補生が一五人ほどいて、物理化学、哲学、古典語といった、この地区で学ばれているほかの学問領域と響き合っている。若いラビたちは、今日ではほかの学生たちと交流しているが、彼らの寄宿寮はかつての学生たちが住んでいた界隈、たとえばバルザックの小説に出てくるラスティニャックが住んでいたトゥルヌフォール通りなどに近い。しかし、ほぼ三年間、そうした交流が存在しなかった時期がある。学生たちは徴兵されたり、潜伏したり、亡命したりして、とりわけ若いラビ候補生などはいなくなってしまった。その代わりに、一九四三年一月から一九四四年七月までのあいだ、UGIFが神学生の部屋に女児たちを収容することにしたのだった。

彼女たちもシナゴーグの扉を開きに来たのだろうか。一九四四年七月二一日の検挙から逃れた唯一の寮生だったイヴェット・レヴィは、極秘のバル・ミツヴァが行われたことがある、とわたしに教えてくれた。たいていの時間は、礼拝堂は放置された状態にあり、そこで生活していた三〇人ほどの少女たちが行き来するときにはいつでも入れるようになっていたが、彼女たちが特別に祈りに関心をもっていたという証拠はない。

シナゴーグの円天井の下まで来たが、そこには誰もいなかった。女性専用のバルコニーを少し歩き、張り間の端まで行く。円天井のヴォールトから広がる風船状の静かな空間は、信じられないほど白く、ステンドグラスの青と緑、そして燭台の金色を映し出している。奥にはユダヤ教の律法の書を守る赤い幕が張ってあり、手前には椅子が並んでいる。ここにかつて寮の少女たちが来て、座っておしゃべりをしたり、ひとりきりになって、本を読んだり、ガラスの光が壁に揺れるのを眺めたりしただろう。

入口に近い女性用バルコニーの下には、わたしが数分前にいた通りを映したモニター画面が据えつけられている。わたしが呼び鈴を鳴らしたステップも、ぶれた白黒の映像として映っていて、ロビーや中庭、外部を映した五、六個の監視カメラの映像とともにモザイクを成していた。ドラメが自分の持ち場にいるのも確認できた。彼は、袋を担いで入ってこようとする白いシャツの男に応対していた。隣の映像は、マロニエの木々を、まるでそれがいまにも動き出すのを待っているかのようにずっと映し続けている。さらに隣では、一軒の工事中の家の周りで、柵と道路標識で仕切られた歩道が映っていて、ゆったりした服に鞄を斜めがけした観光客らしき女性と、スウェットとスニーカー姿の若者が歩いていた。建物の扉の正面には、膝まで垂れ下がったマットレスを、まるで巨大なフードのように頭に載せて運んでいる男がいる。一九四四年七月二一日の夜、まだここに残っていた一五歳から二〇歳までの三三人の少女は、寮の入口前に集合するように言われた。監視カメラの眼は、バスが到着するのを目撃し、それがシナゴーグ内部の白黒画面に映し出される。歩道脇に停められたバスには、すでに一〇〇人ほどの子どもが乗っていて、「ドランシー・コマンドー」と呼ばれた責任者たちが担当者と話すためにロビーに入って来ると、そのまま、この担当者ごと、少女たちをバスに乗せていった。

シナゴーグから出ると、見学を許可してくれたドラメがいた。白髪まじりのドラメは、鮮やかな青色のジョギングウェアを着て、サンダルを履き、ニューエイジのお守りのようにイヤホンを着けたまま、しなやかに動き回っている。マグノリアの細い枝に白い花が咲き始め、縫い目がほつれたぼろぼろのサッカーボールが転がる中庭へ案内してくれた。祭事の時に予備で使う部屋や図書室、寄宿生が住む上階へとつながっている階段も見せてくれた。革装の祈禱書が並んだ部屋では、金張りされた本の表紙の照り返しが彼の顔を輝かせている。目を閉じて、イヤホンの白いコードを身体に沿って揺らしている姿を写真に撮る。ドラメはダカール生まれのイスラム教徒だが、多くのラビ候補生を世話してきたので、今ではユダヤの神に関する決まりごとについて、彼らと同じくらい知っている、と言った。食堂の前を通る際に、彼は「乳と肉は一緒に食べない」という重要な決まりを思い出させてくれる。それはわたしの現在の状況、つまり赤ん坊から遠く離れたほぼ最初の外出という事実と、奇妙に響き合う——ドラメはわたしと別れ、再びイヤホンを着けて、入口の警備へと戻っていく。

ヴォークラン寮でつけていた日記に、一四歳のアンドレは、ほかの若い女性たちのなかで居場所を見つけるのに苦労したことを記している。就学義務のある年齢を過ぎた者が多いのに、UGIFの外で勉強することも仕事することもできず、みんな退屈していた。彼女たちを担当する一〇人ほどの監視員は、ときにはほとんど年齢の変わらない少女たちだった。所長のフランソワーズ・マイエールの暗いまなざしのもと、無為の日々を過ごした。フランソワーズは多くの逃亡を防げなかったために、ドランシーに一カ月収容されたばかりだった。五月の初めに、UGIF幹部の介入によって戻ってきたが、なぜかは誰も知らないまま、肌の色が濃くなり、髪が薄くなり、何かをじっと見るような目つきに変わっていた。少女たちを監視するにあたって新しい指示があれば、彼女はそれを拒もうとはしなかった。知らなかったことだが、アンドレがヴォークラン寮に着いたのは、フランソワーズ・マイエールが戻ってきたときとほとんど同時だった。

アンドレはほかの収容者の写真をいくつも持っている。どれも黒い幕を背景に、照明をよく調整して撮られた、優雅な上半身像である。「寮では写真を交換した」とアンドレは言う。少女たちの楽しみといえば、おめかしして、リュクサンブール公園やサン・ミシェルの泉あたりにあるスタジオで写真を撮ってもらい、それを交換することだった。アンドレは、ロゼット・ベレンゴルクという丸い頬とひっつめ髪の女の子が、テイラードジャケットを着て、タータンカラーにネクタイをしめた写真を見せてくれる。アンドレはクレール・オルロフの写真も持っている。角ばったあごととても賢そうな目つきをしていて、前髪を横に垂らし、男物のシャツを着てカウボーイのスカーフを巻いている。ジョルジェット・ポリアコフは眉が太くて褐色の髪をした女の子で、信じられないほど優美な顔立ちだったが、虱博士の剃刀から逃れることはできなかった。しかし、シャツブラウスに合わせて、玉虫色の光沢をもったビロードのターバンを見つけて、それをごまかした。ベッラ・クーナは丸顔に大きな円い鼻眼鏡をかけ、色の濃い水玉のスカートを穿いていた。もはや子どもでもなく、かといってどこかへ行って自活できる年齢でもない、両親をなくした三〇人ほどの少女が、見捨てられた学校《イェシヴァ》で夢想にふけり、機会があればすぐに、セーヌ川沿いにある写真スタジオへの外出許可を申請したのだ。規定の書式にスタジオの名前を書くと、所長は、もし夕食の時刻までに帰ってこなかったら、ほかの寮生たちが逮捕されるというようなことを口ごもって、腹立たしそうに許可証に署名した。ラビ養成神学校の厚い扉を押して出てきた女の子たちは、口紅を塗り、上下揃いの服を着るか、そうでなければ、帽子やスカートやアクセサリーを交換したり貸し合ったりして、ありあわせの服装で、グループのメンバーを変えながらも身を寄せあうようにして、ヴォークラン通りを下り、クロード・ベルナール通りの角で右に曲がった。通りの端には、現在ではＲＥＲ・Ｂ線のリュクサンブール駅があり、同じ年頃の女の子が地下鉄の階段を下りたところにある証明写真機でフラッシュを浴び、ヘアドライヤーのような音を立てて乾かされた自分の写真を待っているのを見かけることがある。彼女たちはそれから地上に戻り、本を読んだり、アイスクリームやサンドウィッチを食べたり、公園のベンチで誰かとおしゃべりしたりするだろう。ヴォークラン通りのかわいい神学生たちもコートのポケットに自分の写真を入れて帰路に就き、部屋に着くと、これから先もお互いのことを覚えていられるようにと写真を交換し合っただろう。

この行き帰りは、彼女たちの幽閉生活の輪郭をよく浮き彫りにしてくれる。一方で、彼女たちは監視され、もし逃げ出したらほかの子たちが制裁を受けると脅されていた。他方で——これはもっと若い女子児童を収容していた寮にはあてはまらないが——、行き先さえ告げれば、ほぼどこへでも行きたいところへ行くことができた。そして、大半の少女たちは逃げ出さなかった。両親もいなければ、はっきりした行き先もなく、仕事もなかったからであり、捕まった者が戻ってくることはないことを知っていたからである。

その春、つまり一九四三年四月から六月にかけて検挙された者は、ドランシーへ送られ、強制収容所へ入れられた。列車編成による移送が再開するまでの長期にわたる収容は、暴力の激化を伴い、いじめや拷問が横行した。彼女たちは、収容者を移送しやすくするためにユダヤ人の男性収容者が敷地内の整地作業に駆り出されているのを見かけた。閉鎖が決定し、一気にドランシーへ収容者を送ることになったほかの収容所から、定期的に新しい囚人が到着する。最初はナンシー近郊のエクルーヴから、ついでボーヌ・ラ・ロランド、あるいは七月初旬以来の連続検挙によりユダヤ系病院から、人々が送りこまれてくる。最後に、独身、夫婦、子ども連れの人々、孤児になった兄弟姉妹同士で逮捕された人々が、すでに収容されている者からの密告や、彼らに圧力をかけて聞き出した情報を受けて逮捕された。ダビデの星を胸に着けていたために、あるいは星を着けていなかったために、路上で検問された人々が到着する。UGIFのリストのせいで捕えられた人々もいたが、それは一九四三年七月一四日に、UGIFが病院や老人ホーム、精神病院や寮に住むすべてのユダヤ人の名前を提供させられたからだ。ドランシーで待機する人数は増え、結核や赤痢や飢餓のためにミュエット団地のフロアで死んでいった収容者の数は、数千名にのぼる。六月二三日、収容者の移送は再開し、一〇一八名がアウシュヴィッツへ送られた。それから七月一八日には一〇〇〇名、そのなかには、ショールと渦巻く煙草の煙に見覚えのあるあの人もいた。大きな胸と太い尻は一二月の別れ以来すぼみ、彼女の話を聞きに来た子どもを今回もぼろぼろの布地に包んであげてはいたが、その声はついに嗄《しゃが》れてしまっていた。六月一九日に、ボーヌ・ラ・ロランドに残っていた一〇二名とともにドランシーへ到着したジャンヌ・モントフィオールは、その一カ月後、九一名の児童とともに第五七番列車で送り出され、死んだ。

六月の初め、ヴォークラン寮の女の子は着替えて、エドモン・ロスタンの『シラノ・ド・ベルジュラック』を上演するための衣装を身にまとった。大きな中庭でお祭りを開く絶好の機会だったが、監視員はテクストを切り取って劇の進行を早めてしまった。アンドレはそのお祭りと仲間たちの写真を持っている。その学力や記憶力の良さ、年上の子たちよりもたぶんやる気にあふれていたことを考えれば驚くことではないが、シラノ役を演じたのは彼女だった。膨らんだズボンを穿き、コルセットで締めつけたシャツの上にケープをはおり、羽根飾りのついたガスコーニュの青年貴族の帽子をかぶった。彼女が見せてくれた全身写真では、帽子の縁を触っておじぎをしている。アルバムでは写真の下に「わたしがシラノ」と書かれている。鼻はといえば、アンドレは丸めた紙と接着剤でできた付け鼻が我慢ならなかった、というのも、それはすぐに取れてしまうし、肌にちくちくしたのだ。結局、化粧で鼻を目立たせることになった。もっとも、アンドレの鼻はジェラール・ドパルデューというよりはクレオパトラに近い、細くて小さな鼻だったので、化粧にはあまり効果はなかった。『反ユダヤ』や『自由言論《リーブル・パロール》』、『アクシオン・フランセーズ』の面相研究家たちがこの舞台を鑑賞したとしたら、きっと彼女たちがフランス文学に鉋をかけて平らにした、と怒号を浴びせたことだろう。クリスチャン役のベルト・ボスキもブーツを履き、腰を絞った上着と帽子姿だった。ロクサーヌを演じたセシル・ロダルは張り骨の入ったドレスと、あまりルイ一三世風とは言えない扇子を手にしていたが、その姿はむしろずっと後世の『カルメン』に出てきそうな感じだった。セシルは心の底からロクサーヌになりきり、この幽閉期間があまりに深く人生に刻まれたせいなのか、はたまた信仰や律法に従ったためなのか、戦後にカトリックへ改宗し、『シラノ』のヒロインのように余生を修道院で過ごすことになる。

シナゴーグのペディメントの前に、監視員と収容者の少女たちが演壇を設営し、観衆が座る椅子を教室や図書室や部屋からかき集めてきた。観客を招待することが許されたため、アンドレはリエット・ベルニエと、ラマルク寮にいるジャンヌとローズを招いた——夏にルーヴシエンヌに移り、六月の残りと七月全部を過ごすことになる彼女たちとここで会ったのは、これがおそらく最後だった。カルティエ・ラタンにあるこの場所から見ると、パリの東および北の目印や連絡からはすっかり遠くなったことに、アンドレは気づいただろう。上演後、ブーツを履き、ガスコーニュ風の帽子をかぶったまま、彼女は中庭でおばちゃん《タンティーヌ》と少し言葉を交わす機会をもったはずだ。いつでも好きなときに訪ねてきなさい、訪ねてくるふりでもいいと言った。おそらく妹たちと脱出することについて話していたのだ。

二〇二一年現在、ユダヤ教神学校の中庭には、もう舞台も芝居もない。わたしは黒ずくめの三人の女の子と出会う。そのうち二人はラビの娘で、もう一人はその友だちで、わたしたちは長々とおしゃべりした。三人とも高校生で、二年生と三年生だった。ちょうど過越《ペサハ》の週の最中で、祝日に写真を撮ることは禁じられていたため、わたしは必死で彼女たちの様子を覚えておこうとする。背の高さは、高い、中くらい、低い。黒いスカートと、やはり黒い、袖の長い服を着ていた。チュールか絹のような光沢のある生地、水玉模様と縞模様、スニーカー。矯正器具のついた歯を見せて笑い、額にはニキビ、それが彼女たちを元気いっぱいに見せている。そのうえ、我慢強く、時間を惜しまない。わたしは彼女たちに付き添い、一緒に礼拝に参列した。祈禱書のどこを読むのか尋ねると、ページを教えてくれた。おしゃべりし、また読まれている詩行を見つけ、さらにおしゃべりし、もうそのあとはお祈りについていかなくなった。わたしは自分の人生を語り、ここで何をしているかを話す。部屋から湧き上がる男たちの歌を録音する――トランス状態と恍惚感と、急いで作った買い物リストを忘れないための復唱が混じり合ったような歌。彼女たちはわたしの息子の誕生を祝福し、わたしはどんな勉強をしているのかを訊く。わたしの小さないとこたちの話と、生き延びたカミンスキ姉妹の話をする。たぶんお姉ちゃんの方だったと思うが、小児科医を志しているという子が「それは奇跡ですね」と言う。マロニエの木が並ぶ中庭を立ち去るとき、わたしたちは携帯電話の番号を交換し、再会を期する。いや、再会するためというより、むしろ未来を同じように信じていることを、お互いに確かめるために。

カミンスキ姉妹は七回、脱走を試みた。六回は失敗したが、三人の証言や書き残したものを総合すると、七回目に成功したらしい。

この七という数字が、わたしにはほとんど脱走の方法の一部を成しているように思われる。

そのことがわかったのは、一九四三年八月に行われた段階的な準備も数に入れていたことに気づいてからだった。まずフェルドおじさんの家に服を預けておき、ラマルクや別の場所での面会や内緒の相談の機会を作っていた。そうした準備を含めて考えてみれば、それぞれの段階が脱出そのものと同じくらい危険で、しかしまた何もしないのも同じくらい危険だったという結論に至る――しかし、この脱出の方法についてどんなふうに意識していたかを知ることは不可能だ。子どもたちはいつ寮から引き抜かれて別の寮へ移されるか、あるいはどこかへ完全に消えてしまうかもわからないという状況にもかかわらず、一方では学校へ行き、食事を与えられ、世話されて、いつか両親と再会できるという希望を持ち続けていた。表面上は、寮での生活には懲罰的な側面は少しもなかった。結局、彼女たちがこの見せかけの休息所の監視を逃れようとしたのは、二回だけだった。三回目に成功したのは、三回とも一九四三年八月の短い間隔だったことを考慮すると、とんでもないことだ。三回という脱走の回数は、たとえほんとうは七回だと言われても、その頃彼女たちが頭の中で考えていた無数の脱走をそこに含めるなら、ごく小さな数字に見える。「夜になるといつも新しい計画を立てる」とアンドレは日記に記していた。表紙にパリ市の紋章が印刷された緑色のノート——船の紋章に「たゆたえども沈まず」というモットー、そして下には「パリ市立小学校」と「教育用無償提供」という文字が刻まれている。日記はこう続けている。「夜には、計画は実行可能に思える。朝になって考え返すと、馬鹿げているように見える」

一九四三年七月のパリは猛暑だった。ヴォークラン寮の中庭で少女たちは退屈していた。マロニエの乾いた葉むらが震える屋根を広げていた。写真を撮りに行ったり、リュクサンブール公園へ遊びに行くときにも、寮生の服装はだんだん薄着になり、そもそも服が足りないため、ときには肌着の半袖ブラウスをスカートにたくしこんだだけの恰好で出かけることもあった。マイエールさんが、彼女たちがそんな恰好をしていても反応を示さなかったのは、良俗を監視しているわけではなかったからだ。イヴェット・レヴィが話してくれたところによると、少女たちの一人はアウシュヴィッツに着いたとき、妊娠していたが、誰もそれを知らなかった——イヴェットによれば、その女の子はとても痩せていて、収容者と死亡者を確認するために、裸にされた状態で何時間も続いた点呼の際にも、見た目ではわからなかったという。しかし、のちに少女が赤ん坊を抱いて戻ってきたという知らせが、脱出に成功した少女たちが互いに探し合う、帰還の乾いた王国を駆けめぐることになる。

寮では最年少だったアンドレは、恋愛の雰囲気を、そこから閉め出されたような気分で見つめていた。組んだ腕の下で胸はふくらみ始めたところだったが、その不完全さに戸惑っていた。寮を回る医師の報告書には、一年以上収容されている子どもの中には、大きくなったら、両親が自分を見分けられないのではないかと考えて、成長を恐れる者がいたことが記されている。また、わざと食事を抜いて成長を止めようとし、拒食症や、わたしの小さないとこのミレイユのように胃炎を起こす者もいた。どのような方法を用いたかはほとんどわからないが、成長過程を停止させ、これ以上変わりたくない輪郭に収まるように自分を維持しようとしたのだ。アンドレは年齢のわりには背が高い方だったが、日記を読むと明らかなように、年上の子たちのように男に媚を売ったり、恋人と遊んでみたりというような方面では進展がなかった。彼女は妹たちに近い子どもと連続した立場にいて、ときには恋愛経験を超えて、すでに母親のような器量を見せていた。ラマルク寮にいた頃に知り合い、UGIFが少年向けの職業訓練校に入れたウィリー・フィッシャーという少年が、誰もいない七月のパリに何度も現れている。アンドレはお互いに書き送った手紙のことや、彼女や妹のイダと待ち合わせて会ったことを思い出している。彼女はウィリーに対して七〇年後も仲間意識を持っているが、それは恋のようなものだったのかと尋ねると、「ウィリーが！」と叫んで、その問いを足元へ振り払った。そして「とてもいい友だちでしたよ」とため息とともに片づけた。

実際、夏休みのあいだ、異性よりも書くことが彼女の興味の対象となっていた。アンドレは毎晩、共同浴室が空くのを待ち、寝間着のままノートを抱えて部屋から出た。鉛筆もパリ市からありがたく提供されたものだったのだろう。以前は神学生が使っていた部屋が並ぶ廊下を静かにたどり、洗面台のタイル床に裸足で下りて、カーラーを巻いたり、歯を磨いたり、髪を梳かしたりする女の子たちの声の残響が消えた浴室内で、月光の当たる箇所に座りこんだ。

アンドレの日記には、母親に会った夢の描写が出てくる。ほかの女の子とのつまらない言い争いや、おばちゃん《タンティーヌ》の家へ出かけたこと、写真スタジオのことも書かれている。ときどきいとことその両親のエトカとアブラムが住むアパルトマンを訪ね、家族の安らぎを感じた。日記は絶えず、妹たちの近況がわからないことを記している。

部屋に戻ってくると、彼女はベッドの下に置いているスーツケースの中にノートを片づける。彼女の行動を追っていると、囚われの少女たちは何をしてもほとんど監視されておらず、一種の緩んだ空気があったことが明確になってくる——たぶん夏だったからかもしれないし、たぶん連合軍の反撃が人々の念頭によぎり始めたからかもしれない（「行政はもう機能していない」とアンドレは、シチリア上陸のニュースを聞いたあとに日記に書いている）。あるいは、パリのはずれにあるドランシーの深淵が、再び口を開き、夏のあいだに数千人をそこへ送りこむ程度には行政はちゃんと機能していたことを、少女たちが知らなかったからかもしれない。はたまた、アンドレが何よりも好きだったのが、何ページにもわたって脱走のことを書くことだったからかもしれない。

ノートは七月五日に始まっていて、冒頭には彼女が「序文」と名づける文章、すなわち逃亡の序章が記されている。寮での孤独を描き、妹たちの不在に涙ぐんでいる。

七月七日、ジャンヌ・モントフィオールがドランシーへ閉じこめられたばかりとも知らずに、アンドレは彼女とボーヌ・ラ・ロランド収容所内を歩き回った思い出を書きとめている。ジャンヌが鉄条網の向こう側に沈む夕焼けの色に、気づかせてくれたこと。ある晩、検挙の噂が流れると、監視員たちは少女たちを共謀してくれる家庭のもとへ逃亡させた。そして七月一〇日には、「背の低い、ブロンドの魅力的な仲間」だったポーレット・ザイードマンが逃亡した。寮に残された者はみな報復を恐れ、すでに準備を進めていたアンドレはとくに、外出禁止ですべてがご破算になることを心配した。七月は退屈と不安のどん底だった。

日記の中で転機が訪れるのは、一九四三年八月五日のことだ。この日、ジャンヌとローズが収容される寮が再び変わった。夏休みを過ごしたルーヴシエンヌ寮から、またもやラマルクの選別センターへ連れ戻されたのである。とうとう妹たちがパリに来たので、アンドレはその日のうちに会いに行った。彼女がいるカルティエ・ラタンの寮からパリ市の北側まではかなり遠く、またお互いに会う許可が取れる間隔も長くなったが、それでも少なくとも、彼女がよく知っていて制御できる空間に、妹たちがまた入ってきたのだ。頭の中には、今ではすっかりなじみとなったモンマルトル界隈のパリ地図がすっかり入っていた。またベルヴィルの坂の下——つまり、二〇二〇年にアンドレと面会したとき、彼女が住んでいた地区——にあるリエット・ベルニエのアパルトマンの位置もしっかり把握していたし、歯科医院が入っているギィ・パタン寮も当然どこにあるかわかっていた。ふつうなら子どもたちが逃げ出したくなる場所なのに、何十人もの子どもたちがそこに惹きつけられていた。まるでシュミット先生が、虫歯の治療をする代わりに、医院の裏でキャラメルやキャンディを無限に配っていて、境界線を越えて、ヌガーと棒キャンディ漬けのパリを提供できる特別なコネを持っているみたいだった。より散文的に言えば、歯科医という看板の裏に、子どもたちの逃亡の企てや、せめて悪意に満ちた寮から出て外の空気を吸いたいという気持ちを見抜き、助けてくれる実行家が隠れていたのだ。シュミット先生は口の中を覗きもしないで、彼らが持ってくる書類に気前よく署名してくれた。だから、UGIFの子どもたちの話を読むと、ギィ・パタン通りの歯医者に通っていたエピソードが、一定のリズムでしばしば登場する。それは、彼らが長い収容生活のためにほとんど何の活動もしていなかっただけに、よく目立つ。アンドレの地図にはさらに、可能になればすぐに三姉妹が立ち寄れるウジェーヌ・シュー通りのフェルドおじさんのアパルトマンが、UGIFのレーダーに感知されずに載っている。

パリ地図にこれらの目印を付けてみると、アンドレの計画とその材料の全貌を見てとることができる。一九四二年から一九四四年のあいだに逃亡を試みたユダヤ人の子どもたちは、それぞれ異なる経路を通って行った。その名前は戦後になって知られるようになり、ある者は正義の人の称号を受け、今日では歴史の教科書に名前が載っている場合もある。たとえばヴェイユ・アレ博士にワクチン接種を受けた年少者が導かれた「一時的相互扶助」や、ガレル・ネットワーク、アムロ委員会、またはジュリエット・シュテルンが「第四二Bサービス」を立ち上げるために率先して取った行動など。ジュリエットはUGIFで生活保護を担当していたが、その作業を二重化し、ひそかに田舎の養育者や受け入れ家庭との連絡網を構築していた。しかし、カミンスキ家の女の子たちに関しては、これらの名前は出てこない――ただ三人の姉妹と父親の手紙、それから数人の友人がいただけだ。年老いた少女となった青い眼のアンドレが今も生きているパリに、星座のように散らばった女の子たちがいただけだ。

妹たちがパリに戻ってきてから、アンドレにとっては、どうやって妹たちに、日曜日の通信者への訪問やシュミット先生の歯科医院への通院の許可を取りつつ、実際にはバルベス地区に住む連絡員の家へ行くことを教えるかというのが、最大の難題だった。ジャンヌはまだ一〇歳でしかなく、ローズは七歳、だからジャンヌはローズをよく見張って、道すがら、怖くなって、うっかり情報を漏らして台なしにすることがないように気をつけなければならなかった。「彼女をよく仕込んでおかなきゃならなかった」とアンドレはジャンヌについて言った。ジャンヌもまた、ローズを仕込んでおかなければならなかった。

とくに仕込んでおかなければならなかったのが、フェルド家にたどり着くまでの道のりだ。いちばん直接的で論理的なのは、センターを出てラマルク通りを右手へ下りていくことで、そうすれば目的地まで一直線である。しかし、急傾斜のシュヴァリエ・ド・ラ・バール通りをセンター沿いに下りていけば、カーン大佐の窓の真下を通ることになり、それはリスクではあるが、同時に彼の視界から消えることにもなる。やはり急勾配のパサージュ・コタンの階段を下りれば、そのほうが速いし、バルベス大通りやギィ・パタン通りの方向へ出て、シュミット博士に痛む歯を治療してもらいに行くのだと信じこませることもできた。

フェルド家へたどり着くためには、グット・ドール地区のどこにいるか、妹たちが自分でわかっていなければならない。グット・ドールは今も昔と同じように大衆的な界隈で、新しく来た移民たちの窓が輝き、長距離電話ショップや送金サービス業者が並んでいる様子は、彼女たちの親がいたポーランドよりももっと遠く、ヨーロッパよりももっと広い世界があることを思わせる。もしわたしがこの本を書いている時点でのパリだったら、七歳と一〇歳の女の子は、地下鉄の高架橋の下で煙草を売っている行商人や、集合住宅の入口のポーチでコカインをさばく売人のそばをすり抜け、倒産間際の「タチ」（衣類や雑貨の量販店、二〇二〇年に閉店）のピンクのギンガムチェックの庇の下を過ぎ、彼女たちがボーヌ・ラ・ロランドですれちがうこともあった赤十字の大きなテントの前にいる。そこでは現在、彼女たちがまだ知らなかったエイズという名前の病気の検査をしていて、白い蠟引きの布地の向こう側では、衛生用語に交じって、「挿入」「注射針」「打つ」「肛門性交」「フェラチオ」といった、やはり彼女たちが知らなかった単語が発せられている。テントの入口では、将来の思春期世代に啓発冊子とともにコンドームが渡される。彼女たちが歯医者へ向かっているとしたら、いま白いテントの丸天井があるあたりを歩いているはずだ。

ウジェーヌ・シュー通りへ行くためには、狭く目立たない通りの罠を離れて、ここまで下りてくる必要はない。彼女たちが探しているのは、バルベスの上部とモンマルトルの下部の平行線をたどる細道だ。それは誰も立ち止まらないような、どうということのない通りで、厚紙で出来た芝居の書割の裏側、大通りの喧騒の舞台袖を思わせる。

一四番地にあるフェルド家のアパルトマンは、集合住宅が立ち並ぶ界隈の一角にある。どれも薄い黄色がかった石壁にネオクラシック様式の縦長の窓をはめ、最上部には暗い灰色の屋根窓やいわゆる女中部屋など、貧しい人向けの部屋がある。

アブラムおじさんが逃げ出したのも、結局そこからだった。隣人に匿われ、屋根づたいに、あるいは別のルートで、銃眼のある壁の後ろに消えて、事なきをえた。一九四四年二月にドランシーから派遣された職員が彼を尋問したとき、彼は「上がって、オーバーを取ってきていいですか」と訊いた。

フェルド夫妻が姪たちを助けようとあれほど決意し、自分たちには何の見返りもないのに、何度も彼女たちを泊めてやるリスクを冒したのは、なぜだろうか。彼らの子ども、イダとシャルルは一緒に住み、学校へ通っていた。アパルトマンがあり、そこから通学できた。アブラムは待ちあぐねていたにちがいない。戦争で捕虜になり、病気のために除隊になって帰国し、いまではもう革職人の仕事をする権利を失っていた。しかし、自分たちはユダヤ人だと宣言していながら、一九四二年七月にも、その後も、誰も彼らを逮捕しに来なかった。大脱出の時期に彼らは一度パリを離れ、それから戻ってきたのだが、それは意味なく疲れただけだった。モンタルジでマックスとエリアから歓待を受けた一家は、ウジェーヌ・シュー通りの自宅へ戻った。世界は少しずつ崩壊し、働くことも移動することも禁じられ、自分たちは自宅軟禁を強いられながら、検挙や逮捕を目撃した。年上のイダは背中が悪く、コルセットを嵌めなければならないため、長旅で疲れさせることは禁物だった。さらに、夫妻は新しい子どもを授かっていた。この子の誕生をパリではなく、ほかの場所にしたら？　どこへ行こうか？　自分が妊娠していることを当時、エトカがカミンスキ家の少女たちに告げたかどうかはわからない。しかし、この事実はこのアパルトマンに秘密の雰囲気と準備と用心を怠らない姿勢を与えたにちがいないし、そこから自分たちの子どもではない少女たちへの責任感も生まれたのではないか。アンドレ、ジャンヌ、ローズの訪問は、寮の子どもたちの近況に触れる機会であり、それを知れば、子どもたちを助けたい、彼女たちが父親と会うのは当然だと思えた。しかし、彼ら自身は自由で、家族も一緒だったのだ。それなのになぜ、列車や車の旅を企て、検問で見つかれば捕まり、離ればなれになるような危険を冒したのか。とにかくウジェーヌ・シュー通りのアパルトマンは、アンドレと妹たちの策略に全面的に協力することとなった。彼女たちが来るたびに持ちこむ興奮と希望と自由の粉を受け止めはしたが、彼ら自身は家にとどまった。アパルトマンに服や学校の教科書を持ちこんで置いておけるようにし、生命を賭けても信頼できると思う人と連絡を取らせ、少女たちがついに勢ぞろいしたときには、南部地域へ通過させてくれる善良な魂の持ち主を探した。彼女たちのために、いつでも動けるようにしていた。だが、彼らはずっと家にとどまることになる。

一九四三年八月一五日の日曜日、二年連続で児童の一斉検挙が行われた聖母被昇天の祝日に、アンドレはそっとフェルド家の扉をたたいた。ドランシーの職員が荒らしていったアパルトマンには家具が戻り、おやつのための食卓も整えられていた。母親のエトカは、妊娠初期のひどい疲れに見舞われながらも、お客さんをもてなすために行ったり来たりしている。ちょうど三カ月の、まだ目立たないおなかを抱え、ようやく準備が済んだと思ったところで、彼女は腰を下ろした。おじさんはリビングの彼女を見てから、また階段を下りる。いずれ彼はこの階段で生存者となり、やもめとなり、生まれてくる子どものたった一人の親になるだろう。アンドレが入ってくる、いとこに会えて嬉しい、あと二人が遅れてやって来る前にお菓子を食べてしまおう……。また扉をたたく音がするが、がちゃがちゃと想定よりも足音の人数が多いようだ。この日、ジャンヌもローズも、UGIFのリストに子どもたちの日曜日の送り迎え要員として載っている「連絡員」に付き添われて来たのだ。彼女たちは連絡員を振りほどくことができなかった。この来訪は最悪で、それまでUGIFからはマークされていなかったフェルド一家を恐怖に陥れたはずだ。アンドレは妹たちを迎え入れ、再会を喜ぶふりをし、付添人に自分たちはいとこに会いに来たのだと告げ、ジャンヌとローズもいとこと会えてどれだけ嬉しいか、と語りかけた。一族みんながこうして集まれるなんて、なんて喜ばしいことでしょう。ありがとうございます。夜になり、彼女は日記に「全部失敗」と書きつける。最初の脱出計画はこうして頓挫した。数行先に、アンドレはさらにこう書いている。「でも、この牢獄から抜け出してやるんだから」

八月二一日の土曜日、アンドレはまた、いとこの家で昼食を取りに来る。彼女はシュミット先生のところへ行く外出許可を取り、早めに立ち寄って外出許可証への署名をもらい、それからフェルド家へ向かった。日記には、エトカおばさんと再度協議し、「次の脱出計画について話し合った」とある。いちばん難しいのは、妹たちに計画を打ち明けることだ。食事のあと、彼女はバルベスとモンマルトルのあいだに伸びる狭い通りを歩き、一〇分でラマルク寮に到着する。ガラスの突起物が付いた壁の下にある入口は、カーン大佐がじきじきに見張っていたが、この八月の美しい昼下がりに、大佐は優しくもアンドレを入れてくれた。「にっこり笑って、大佐にこんにちはと上品に言ったら、妹たちに会う許可が下りた」のである。妹たちはもう中庭にいて、遊んでいる最中だったかもしれない。現在、そこにはマンモス型のスプリング遊具や、すべり台、座席付きの赤い蒸気機関車など、センターの子ども向けの遊具がある。中庭から、アンドレがカーンと話しているのを見ていたジャンヌとローズは、ちゃんと通してもらえるだろうかと心配し、姉が入って来るのを確かめると、その胸に飛びこんだ。大佐は良いことをしたと思って、目を細めていたかもしれない。暑い日で、今も建物の前にあるキササゲの木の影に彼女たちは身を寄せた。シャンデリアのようにぶら下がったさやがつくる濃くて深い影は、その日もまるでお祝い事のような雰囲気を与えていた。できるだけお互いに近づき、あぐらをかいて座った。アンドレはポケットからシュミット先生にもらったチューインガムを取り出し、妹たちにあげた――それは噛むと粘るアメリカ産のお菓子で、そのころから広がり始めていた。人生が青空の下の牢獄となり果てていたときに、その周縁部に連合軍の存在が、追跡不能ながら、確実に感じられていたことを示す出来事だ。カーンはガムを噛む様子を見て眉をひそめたが、何もできない。どうせ彼はもうすぐここを離れなければならないのだ。チューインガムはナチスの占領に賛成する者や、ナチス体制とうまくやっている者をいらだたせる、なぜならそれは、ねばねばくっつく証拠品として、見えない敵が増えていることを表しているのだから。チューインガムはアングロサクソンのパラシュート部隊のポケットからすべり落ち、あちこちに転がるというかたちで、人々のあいだに止めようもなく広まっていった。だからといって、くちゃくちゃ噛むゴムを首都へ密輸しようとする者を真剣に摘発し、手錠をかけるわけにはいかなかった。別の日のことだが、カーンが郊外の寮を巡回して戻ってきたときに、中庭で一息つき、いざ立ち上がろうとすると、尻が――例の乗馬ズボンが――椅子にくっついて離れなかった。が、もうどうしようもない、そこには一〇〇人もの少女がうろうろしていたのだから……。報復しようと思っても、それは牛糞を踏んだからといって、牛の群れを一頭ずつ検査するようなものだ。少女たちはあごを動かしながら、監視員の一人に迎えられたカーンがいる入口の方をちらっと見る。そして、アンドレが口を開く。彼女は寮の外にいる妹たちと会いたいと言い、二四日の火曜日はどうかと提案した。彼女は歯が痛むふりをして、シュヴルーズへの遠足を辞退しようとする。そうすれば、行動するための時間がかなりたっぷり取れることになるだろう。妹たちは――彼女たちは何を語ることになっていたのだろうか……日記には何も記されていないが、アンドレはジャンヌを相手に奮闘したようだ。「なんて子なの」と書かれている。ジャンヌには絶えず順番を覚えるように言い聞かせなければならなかった。「質問をされると、そのときは気にするが、すぐに忘れて、別のことを話し出す」今日でも、話題がこの時のことに及ぶと、アンドレは姉として妹をうまく仕込むことができず、聞き分けのない態度に苦しんでいる様子を見せる。ローズの方は、しっかり関心をもって聞いてくれたが、頭の中に入ってきた指令が明確に残っていたのか、それとも青いグアッシュのチューブのように、すぐに別の考えごとの色に染まってしまったのか、その点はなんとも言えない。ローズはしまいには、何も言わずに二人の姉から離れ、奥にあるブランコでほかの子たちと遊び出した。「もう一回、言ってみて」とアンドレは、これで何度目かわからない復唱をジャンヌに求めるが、妹は歯の奥に挟まったチューインガムの先を鼻にくっつけようと夢中になっている。「ええと、地下鉄のブランシュ駅でお姉ちゃんと一緒になるんでしょ？」ジャンヌはガムの先端を口の中に戻し、げっぷをしながら答えた。その集中を欠いた様子を見て、その晩、姉は日記に書きつける。「美しい夢が目の前で崩れ、こんなに近くまで来たと思った幸福の廃墟で泣くことになるのだろう」

翌日、八月二二日の日曜日、アンドレは一日の休暇を楽しむ。バルベスの地下鉄高架橋の柱の下で、ウィリーと待ち合わせる。二人で、マルヌ川沿いの町ラ・ヴァレンヌの児童保養施設に入れられた彼の妹のイダを訪ねるのだ。イダは一二歳だった。彼女は白いワンピースを着て、日焼けしていた。三人で川沿いを歩いた。泳いでいる人もいて、彼らはキオスクでアイスクリームやお菓子を買った。アンドレは財布を持ってくることを忘れてしまったが、ウィリーが全部払ってくれた。一日はあっという間に終わった。午後の終わり、二人はイダを施設まで送り、現在のRER・A線にあたる駅で帰りの列車に乗った。当時からすでに二階建ての車両で、二人は二階席に座った。労働者住宅や畑や、踏切の遮断機や森が目の前を過ぎていくあいだ、ウィリーはハーモニカを吹いた。ある駅で、仮装した男女が乗りこんできた。ドレスを着てリボンを着けた男たちと、歩兵や近衛兵のズボンを穿いた女たちも。ウィリーの音楽に耳を傾けた。少年と少女はシャトレ駅で、またねと言って、別れた。ウィリーがあと何度、ラ・ヴァレンヌにいる妹に会うために同じ道のりをたどったのか、わたしにはわからない。ウィリーの妹は、サン・マンデ寮に移され、そこにわたしの小さないとこたちと同様、一九四四年七月二一日の児童検挙の際に逮捕された子どもたちの一人だった。ウィリーの方は身を隠し、逃亡に成功した。彼は生き延びた。

八月二三日の月曜日、カミンスキ姉妹が知らないうちに、アンリエットがヌイイーの託児所から解放され、サン・マンデで姉たちと合流する。彼女はそこで人生の八分の一にあたる六カ月を過ごし、その先に何があるかも知らずに、グランヴィル通り五番地に声を上げて姿を現す。アンリエットは小さいままだ、彼女は成長しない、髪は短く、口元に怒りが張りついたような表情で、椰子の木が生えた中庭に入ってくる。姉たちは、その奥で彼女を待っている。

その夜、ヴォークラン寮で、アンドレはひどい虫歯を偽装するために、仲間たちに頬を殴らせた。オブラートに包んだ鎮痛剤をもらったが、それは飲まずにベッドに入り、翌日、歯医者へ行く許可を得た。朝食が済むとすぐに、ほかの寮生が散策に出かけようとしているあいだに、シュミット先生のところへ駆けつける。一三時、彼女はブランシュ駅の前で予定通りに待つ。午後いっぱいを階段の上でしだいに身を縮めながら待ち続け、夕方になって、よろめきながらそこを離れた。「またやってみる」とその晩、彼女は日記に書いた。

三回目にして最後となる脱走計画について、どんな待ち合わせをしたかという記録は一切残っていない。ブランシュ駅での待ち合わせ失敗から三日が経つあいだに、少女たちはまた会ったはずだし、少なくともどこかで約束事を取り決めたり、アンドレが日記でたびたびヴォークラン寮での味方として名前をあげているジェンニーさんのような、ぐるになってくれる監視員にメッセージを託したりする方法を見つけたはずだ。日記は何も言っていないが、計画ではまず、アンドレは朝のうちに、虫歯治療の続きと偽ってシュミット先生のところへ行く。ジャンヌとローズは、ラマルク寮で計画されていた集団でのお出かけについていく。

そこから、計画は裏返しになる。アンドレは、怪しまれないように鞄を軽くするため、妹たちになるべく服を重ね着してくるように言い伝えるが、それが気になって仕方がない。幸いにして猛暑は終わったが、ジャンヌとローズは何を着たらいいのか、わからなくなる。パンツを重ね着してみたが、ちくちくするとローズが不満を述べた。ギャザーが引っかかるのが嫌らしく、ジャンヌが脱ぐのを手伝ってやる。どのみち彼女たちが持っている服はごくわずかだったが、だからこそどれを選ぶかは大変で、重ね着しても違和感のないワンピースやベストの組み合わせをすぐには見つけられなかった。最後に腰にセーターを巻きつけた二人の姿は、腰枠をはめたペチコートを着て尻を張り出す、オペレッタに出てくるお針子に似てきた。

　二人が中庭に着いたときには、ほかの女の子たちはもう遠くに行ってしまっていた。ふつうなら、この状態で外出させてもらえることはない。しかし、タロットカードから奇跡の一枚を引き当てたようにひらめいて、ジャンヌは最上階の執務室にいるカーンに会いに行った。彼だけが、規則をねじ曲げる権力を持っていた。一つくらい例外を認めてもらえるだろう、だけど二つはダメ、そう思ってジャンヌはローズを廊下で待たせておいた。秘書はいなかった。執務室に入ると、鎧戸は閉じられ、薄暗がりの中に大佐の顔が骸骨のように白く浮かび上がって、ジャンヌは思わず後ずさりする。しかし、彼女の姿を認めると、カーンは入るように呼びかけ、足が届かない高さの肘掛け椅子に彼女を座らせて、「何の用だい」と問いかけた。ジャンヌはうまく話せなかった。何が起きているか気になって、割礼を施すラビがナチスの会合のただ中へタイミングよく入ってくるように、ローズが部屋へ入ってくるのではないかと思うと、息が詰まった。三回咳をして、いよいよ請願しようと身がまえると、カーンはまるで平手打ちでも食らわせるみたいに手を上げた。「この人が見えるかい」と言うと、カーンは執務室に掛かっていた額入りの写真を外し、ジャンヌに手渡した。若い兵士だったが、誰なのかは見当もつかなかった。「わたしの息子だよ。コルシカで死んだ、と今朝知らせがあった」そう言ってから、彼は口を開いたままだった。まるで喉の奥が出血していて、うがいをし、すっきりさせる必要があるみたいだった。「二一歳だったよ」と付け加えた。再び沈黙が落ちてきて、カーンは物思いに耽った。ジャンヌはそのとき、蓋をこすって缶詰を開けるようなポンという音を聞いた。それは口笛のような余韻を残し、まるで鋤を一振りしたときのように、草っぽい湿った匂いがカーンの尻の方から湧き上がってきた。

ジャンヌは大佐が放屁したことで自分が叱られませんようにと祈り、もっと集中して光沢のある写真を見つめ始めた。大佐の方は息子の写真と、それが呼び起こす思いにしか注意しておらず、自分の放った匂いには無頓着だった。深く息を吸いこみ、胸をとんとんとたたき、上着の前を広げると、彼がいつも吸っているロメオ・イ・フリエタの葉巻を茶色の革ケースから取り出し、写真と同じくらい光沢のあるライターと、葉巻用のカッターを手にした。そこでジャンヌは、おならは引火性があるとどこかで聞いたことがあったので、自分の命も、外出許可を出してくれるカーンの命も失われないようにと、さっきよりも一層強く祈った。大佐は葉巻の端を切り落とすと、「何がお望みだい」と訊いた。時間をかけて火を点け、頬に煙をふくませた。ジャンヌは落ち着いているように見せるために、視界に入ってくるものに集中した。小さな人間の尺度から見れば、目の前のカーンは巨人に見える。肌には毛穴、葉巻をもてあそぶ指先の爪の半月と先端部、煙を吐き出す鼻の毛。「わたしの執務室で何をしているんだ?」廊下の床板が鳴ると、ジャンヌには ローズがペチコートを引きずっている音が聞こえた気がした。彼女は「歯医者へ行くのに遅れてしまったんです。とても痛むんです」と説明した。部屋に入る前に頬っぺたをつまんでおいたのだが、カーンは見向きもしなかった。「ほかの子と合流できますか」と外出証を事務机の上に置きながら訊いてみる。息子に対して同情的な態度を見せたことに満足していたカーンは、外出許可に署名した。あとはシュミット先生が署名して戻すことになっていた。

歯科医院の前まで来たとき、アンドレはもうそこにはいなかった。ラマルク寮の子どもたちがジャンヌ抜きで着いたため、アンドレはそこを立ち去ったのだ。二四日の失敗と二八日の成功のあいだには、日記の記述が欠落しているため、ジャンヌがしようとしたことが、急いで考えた結果なのか、用意していた別の手札を切ったのか、それともアンドレとあらかじめ決めていたプランBだったのかはわからない。アンドレが去ってしまったことを確かめたジャンヌは、ローズの手を引いて、寮の外へ飛び出した。全速力で、二月に一斉検挙のバスが停まったのを見た通路を駆け抜けた。ラ・シャペル大通りへ飛び込み、バルベス通りを北上し、左に曲がった。一五分後には、アンドレが絶望して待っていたウジェーヌ・シュー通りのエトカとアブラム夫妻の家のリビングにいた。みんな一緒になった。成功したのだ。

それは土曜日で、寮にいる職員の数はいつもより少なかったが、それでもフェルド夫妻は、彼らの捜索時間が長引くのを嫌った。用心して、その夜のうちに、エトカと同年代の渡し屋の女性が三人をパリのリヨン駅へ連れて行き、リモージュ行きの列車に一緒に乗りこんだ。彼女たちはこうして父親と再会できるのだ。

姪たちが行ってしまったあとも、エトカとアブラムはパリに残り、二月一日にエトカは女児を出産し、ジャニーヌという名前をつけた。この頃には、ユダヤ人の迫害は徹底的になり、ジャニーヌは母親のおなかから出てきた翌日かその次の日か、とにかくほとんどすぐに、もう乳母に預けられた。ドランシーでは、妊娠末期の女たちがその場で出産し、赤ん坊とともに移送されることが、もう何カ月も続いていた。ドランシーの警察はロートシルト病院をまるごと襲い、妊婦も、出産したばかりの女性も赤ん坊も、まとめて連れ去った。幼な子は親からすぐに引き離され、通りをいくつか隔てた近所に住む非ユダヤ人の女性のもとに引き取られた。エトカとアブラム、イダとシャルルはなるべく赤ん坊に会いに行けるように調整し、二月一一日もエトカは子どもたちとジャニーヌに会いに行くところだった。その足取りは早く、少しぎこちなかったにちがいない、赤ん坊の不在と、おなかの中にいたものが消えた感覚と、ほとんど身体を支えてくれない空気とが、彼女の大きな影を揺らしていた。彼女はイダとシャルルの手をときどき握ろうとした、もうそんな年齢ではないのだが、この子たちも自分から生まれたのだ。すれちがう視線はどれも、彼女を避けるか、あるいは敵意を含んで危険に見える。そんな道のりを早く終わらせるためには、子どもたちと肩を並べて、その温かみに身を寄せるのがよかった。

アブラムはそのあいだに尋問された。例のオーバーの話だ。いわゆる「猟犬係」が管理人にアブラムを呼んで来させたが、それが彼を救った。ついていく前に上着を着てきていいかと言い、階段の途中で彼は下りて行かずに隠れることにした。エトカとイダとシャルルの居場所がわかれば、すぐに三人と一緒に姿をくらますことにしようと考えた。だが、三人はもうすでに逮捕されていた。続く数時間のうちに、三人はドランシーに到着した。それから数日後には、アウシュヴィッツへ移送され、殺された。アブラムは赤ん坊と二人きり残された。

カミンスキ姉妹は、コルマン姉妹とともに出発しなかったことについて、それぞれ違う説明の仕方をしている。三人の話をそれぞれ突き合わせても、ただ気の毒に思っているという共通点しか出てこない。当時七歳、一〇歳、一四歳だった彼女たちの小さな輪郭に収まるには、大きすぎる出来事だったし、年月とともに捉え方が広がり、変化してきた。それは沼のようなもので、対岸にいる相手を見ても、もう誰だか見分けがつかない。

ジャンヌはラマルクからの脱出と、夢見がちな末妹の指導を一身に引き受けた。ローズを見張り、地に足をつかせるためには、ポケットにいっぱい物を詰めこんでおかなければならなかった。そんなジャンヌは、この問題については自分の考えを述べようとはしなかった。彼女がパリ市立図書館に託した報告書では、セレヤック駅に到着するやいなや、父親がコルマン家の子どもたちを気にしていたことを知らせている。ジャンヌによれば、マックスが「最初に訊いたこと」が「コルマンの娘さんたちは?」あるいは「おまえたちと一緒じゃないのかい?」だった。逃亡が終わった日、つまり一〇〇〇年後、もはや「自由地域」ではなく、ただの「南部」になった村で、マックスは自分の三人の娘が列車から降りてくるのを見た。彼らの周りには、農民や神父のいる田舎のそっけない風景が広がり、外国人労働者用のキャンプがあり、あらゆる種類の逃亡者がいた——ジャンヌはリモージュ駅で、ラマルク寮でバラ色のチュチュを着てハヌカーを祝っていたリナとサラ・ロクジンスキ姉妹を、見かけた気がした。リモージュでは雨が降っていたが、空はしだいにテンペラ絵具のような色合いから脱して、夏の終わりの暖かい色調が現れてきた。マックスは労働キャンプから外出する許可を得ていた。ほかの外国人と畑でただ働きをさせられていたが、こんなふうに危機を切り抜けたことを幸せに思うべきだと思いこまされていた。娘たちが到着してから、マックスは村の中で、わらを詰めたベッド付きの二部屋のアパルトマンを借りることに成功した。彼は夕方、アパルトマンに立ち寄って娘たちに会い、夜はキャンプへ帰って寝た。九月のあいだは、少女たちはあまり村から動かず、まるで三人の結核患者が緑豊かな環境で回復期を過ごしているような気分でいた。マックスは気分を変えさせようと、週末には散歩へ連れ出し、線路の土手の後ろの垣根に生えているコケモモの実をみんなで摘んだ。ときにはキャンプに呼び、ほかの収容者とのパーティーに参加させた。妻が帰って来たときのために用意していた、さくらんぼをウィスキーに漬け込んだ瓶を子どもたちに見せたことはあっても、娘たちに向かって毎日のように母親のことを話すのは避けていた。それにしても、誰もが数え直し、力を貯めておく、この刈り入れと期待の季節に、三人の娘の輪郭も匂いも声も作り変えてしまうほど強い光の中で、マックスはほんとうに、そこにはいない誰かについて何か知っていることはないか、と娘たちに訊く気になっただろうか。パリに残った少女たちのことをしばしば尋ねることがあっただろうか。そこは日ましに非現実的に感じられ、鉱物のように、灰色に思えてきたはずの世界、ちょっとした思い出の扉が開くと、たちまち奈落の底へと引きずりこまれてしまう世界だった。九月の終わり、マックスは娘をベイナックの私立学校へ編入させた。このカトリックの教育機関では、事情をすべて了解しているシスターたちは何一つ質問せず、どんな気おくれも見せず、子どもたちを日常と平和の舞台へと案内した。

ローズはビデオ・アーカイブのなかで、脱走の状況について違うことを話している。もう少しで失敗するところだったフェルド家での再会や、列車の旅、ペリゴール地方への到着といった部分に変わりはなく、その点では姉たちと同意見である。インタビューを受けるスタジオの黒い背景の中で、彼女ははっきりした声で語っている。彼女の顔立ちは数十年経っても、信じられないほど元のままで、角ばった輪郭と、黒くて率直な眼は、ジェラルディーヌのスタジオで撮った写真にも、一九三〇年代の終わりにモンタルジのスタジオで撮った写真にも、よく似ていた。姉たちと同じフェルト帽を取り出し、同じ幼年期の思い出というインクで物語にスタンプを押しながら、彼女は虱博士の性癖や監視員による盗み、寮生同士の別れ、チョコクリームの味について語った。そして、最年少の陽気さと無頓着さ、頑固さのせいで、あやうく姉たちの計画を台無しにしそうになったことも話した。この対話の途中で、ローズはある思い出に触れている。ある場面で、コルマンと名指すことなく、モンタルジからずっと姉たちとも一緒だった「別の女の子たち」について話し出したのだ。コルマン姉妹はほかの寮にいたが、それでも一緒に脱走しないかと姉たちは持ちかけた。「わたしたちと一緒に来ないかって言ったんです」そして、こう付け加えた。「でも、彼女たちはそれを望みませんでした。前よりはましな寮に着いたばかりでしたから。ここに残る、その方が幸せだとね」今日では、病気のせいで記憶が曖昧になったローズに、コルマン姉妹について何を覚えているか、どうやって別れたかといったことを質問することはできない。

一方、アンドレはフェルド家が見つけてきた渡し屋の女性について話している。この女性は周囲に自分を叔母だと思いこませるために、少女たちの誕生日を暗記しなければならなかった。アンドレは今でも、ヴィエルゾン駅で乗っていた列車が停止したとき、彼女の顔を照らし出した懐中電灯の光をありありと感じている。ドイツ兵は検問すべきかどうか、迷っていた――アンドレは一四歳よりも年上に見え、もし一五歳以上だったら書類を提示しなければならなかった――が、電灯は彼女の顔から離れ、ドイツ兵は去っていった。アンドレは再びフェルド家のことに触れ、彼らが三月に逮捕されたことを話す。ローズがビデオで言っていた、パリに残ったコルマン姉妹については、アンドレは悲しそうに「それはあり得ない」と切り出した。「彼女たちはもうサン・マンデ寮にいて、わたしたちは会いに行けなかった。だから、ローズが心で思ったことなんでしょうけど、会って話すことができなかったんだから、それは無理よ」そして、最後にこう言った。「ね、どれだけわたしたちが一緒だったか、これでわかるでしょう。本当に姉妹のようだった。こんなことを言って、慰めになるかどうかわからないけれど……」

列車はヴィエルゾンを出発した。少女たちは、常夜灯の青白い光の下、夜通し起きている偽の叔母と、コンパートメントを共用しているもう一人の乗客のそばで、眠りに落ちた。このときの渡し屋がこんなことをしたのが、この一回きりだったのか、それともほかの多くの子どもたちも安全な岸辺へと運んだのか、わたしは知らない。問いは暗闇の中を、幽霊たちにはなじみの鉄路の音とともに進む。ときおり汽笛が響き、レールが軋み、だんだん不安が消えていく沈黙の中で、草と車両の天井を朝露が濡らす夜明けの中で、問いは消えていく。この一夜が彼女たちを、コルマン家の少女たちから何光年も遠くへと連れて行った。

ある朝、カミンスキ家の女の子たちは父と落ち合い、リモージュから数キロメートル離れた村に一緒に住むために旅立った。再会と期待の一年が始まる。マックスはやもめになったとはどうしても思えず、エリアの近況を絶えず待ち続けていた。マックスの日々は、キャンプでの強制労働と、最初はセレヤックのアパルトマン、ついでベイナックのカトリック学校寮に住まわせた三人の娘たちに捧げられた。自分でこねたケーキやブリオッシュをセレヤックのパン屋のかまどで焼き上げてもらい、それをおやつとして持参し、自転車で彼女たちに会いに来た。聖ジャン・バティスト寮には、農家の子どもや近隣の子どものほかに新参者もいて、誰もそれとは言わないが、ユダヤ人の子どもがいたばかりか、民兵隊の娘もいた。彼女たちは英語と聖人伝を学んだ。近隣のレジスタンスについて話を聞いた。この地方でもユダヤ人検挙があり、父親がいる外国人労働者キャンプでも手入れがあったと聞いた。その日、マックスはそこにいなかった。だが、アンドレが仲良くしていたドイツ人弁護士のマンハイマー氏は連行された。寮では、夫を亡くし、スペインから二人の娘を連れて避難してきた二九歳の料理人と、姉妹そろって親しくなった。暇があれば、日に二回は訪れなさいと言われていた教会へ出かけた。セップやジロールなどのきのこを摘みに行った。栗を拾って煮込むのも、楽しみの一つだった。アルミ缶を持って、牧場に牛乳をもらいに行った。

栗拾いと牧場通いの清廉な女子寮生活を始めてから、海や空で繰り広げられている軍事作戦のニュースなどは、まったく耳に入ってこなくなった。一九四四年六月の最初の週に、寮長がペタン元帥の肖像写真を壁から撤去したのを見た。三日後、マックスは自転車で駆けつけて、パニックになった様子で、ベイナックが燃えている、と告げた――実際には、それは三〇キロメートル北寄りのオラドゥール・シュル・グラーヌ（ナチスによる大規模な虐殺と破壊があり、現在も廃墟が保存されている）のことだった。仲間の父親が、放火された教会でほかの犠牲者とともに亡くなった。それはここから始まる、純粋な憎悪に燃える長い復讐劇の始まりだった。マックスは解放の夏をやり過ごした。九月になり、娘たちを連れてモンタルジへ戻ることを決めた。

一九四三年八月二三日、カミンスキ姉妹が二度目の脱走を試みる前日に、アンリエットはサン・マンデ寮で姉たちと合流することが許された。何か新しい規則ができたのか、彼女よりさらに年少の誰かに席を譲る必要があったのか、姉妹が一緒にいられるようにという気づかいなのか――この変化の理由はわからないが、とにかく六カ月に及ぶヌイイーの託児所での一人ぼっちの生活を終わらせることになった。姉たちにとって、そしてもちろんアンリエットにとっても、それはお祝い事だったにちがいない。これまでの時間を経て、ようやく同じ屋根の下で暮らせることになり、大いにほっとしたことだろう。ちょっと家に戻ったような気持ちにもなったはずだ。

ラボリウ家宛てに送られた九月四日付の手紙で、ミレイユは自分も妹たちも元気でやっていると書き送っている。監視員の一人がもうすぐ誕生日で、もう一人は来月だからということで、プレゼントを買うためのおこづかいを再度ねだっている。監視員を喜ばせたいのは親しみからなのか、それとも優しくしてもらい、面倒を見てもらうためにはその方がいいからなのか、その違いは結局のところ紙一重である。ミレイユが書いた手紙は職員に読まれる危険があり、彼女も正確なことは何も書いていない。第六の手紙はかなり短い。前便までに比べて、たいして新しいことは書いていないが、大きな違いは三人がそろって署名していることだ。ミレイユ、ジャクリーヌ、そして三番目にアンリエット。アンリエットの名前がとりわけ目を惹く、というのも、それはまだ字を書き慣れていない人間の手で書かれたものであり、字ははみ出し、つながり、丸まり、上がったり下がったりしていて、末っ子がようやく一人で署名できるようになったことを示している。

三つの署名が入った第六の手紙は、わたしたちの手元にある最後の手紙でもある。そのあとには、一九四三年一二月一八日付のクラス写真がある。そこには二〇名ほどの寮生全員が写っている——ここに来てから検挙されるまでのあいだに構成メンバーは目に見えて変わった。誰かが旅立つと誰かが新しくやって来て、彼女たち以外の兄弟姉妹も再び一緒になったりしながら、この施設はほぼいつもこの二〇名という人数を収容していた。この時代、男子生徒はまじめそうに見えるように腕を組み、女子生徒の多くは後ろ手を組んでいたが、身体の前で手を組む者もいた。六歳以下の子どもを除いて——厳密な規則ではそうだった——、みんなダヴィデの黄色い星を着けていた。最前列のジャクリーヌとアンリエットに星はなく、一番上の三列目に立っているミレイユはベストの胸に縫いつけていた。その笑顔は青白く、残念そうな表情だった。ジャクリーヌは、チェックのワンピースと明るい色のベストを身につけ、二色のアンクルブーツを履いて、とてもかわいく着飾っていたが、不満そうな目つきで、皮肉っぽい笑いを浮かべている。列の中央にいるアンリエットは、ほかの子たちと比べて、信じられないほど背が低かった。ベンチに座っているが、足先が地面につかず、ぶらぶらさせている。髪飾りを着けていないのは彼女くらいで、そもそも髪は短く、前髪が目の端に引っかかってくすぐったそうだ——あともう一人は彼女の少し離れた右側にいるドゥニーズ・ルメルで、こちらは虱博士に最近やられたらしく、さらに髪が短い。アンリエットは白い上っ張りを着て、腕を組み、脇の下に指先を挟んで、肩をすくめ、眉をひそめている。まるで写真を撮らなければならない人と、写真家の肩越しにグループ写真を見ることになる人たちみんなに対して、気の毒がっているみたいだった。ここに写っている少女たちのうち、三人は身元が判明していない。五人は翌年、脱走に成功した。残る一二人のうち、生き延びた一名を除いて、一九四四年七月に全員が検挙され、移送された。

ミレイユの最後の手紙とクラス写真。これが一年一カ月続いたサン・マンデ寮におけるコルマン姉妹の痕跡として残されたすべてである。それはカミンスキ姉妹と一緒に過ごした時間の倍である。アンリエットの人生の四分の一。

場所もまた残っている。グランヴィル通り五番地では、UGIFが二〇名ほどの女子児童をあてがった「助産院」の建物を、今でも見ることができる。白壁と煉瓦、スレート葺きの屋根、蔦の絡まる正門、いちじくが一本、プラタナスが二本、椰子が一本、それに竹が数本と、雑多な種類の樹木が、奥へと続く道沿いに植えられている。その幹の太さや背丈から察するに、少女たちがいた頃からそこにあったはずだ。

そうした高木がつくる木漏れ日のなかで、ジャクリーヌとミレイユ、そしてアンリエットは、ある人に会って大喜びした。門の前に立っていたのは、テレーズ・カアンだった。力をみなぎらせて身がまえ、大きな両手に優しさをためて、彼女たちを出迎えた。茶色い隈ができた、からかうような眼は、煙草と音楽で満たされた不眠の歓喜と彷徨を、白日のもとにさらしていた。実際、彼女はステップの上で、寮の管理運営を手伝っていたサロモン・デュボウスキー——彼はおもに収容者の学修環境を担当していた——と一緒に、煙草を吸っているところだった。こちらは丸眼鏡をかけ、髪は黒く、おしゃれなスーツを身にまとっている。写真を見るかぎり、冗談好きで人好きのする人物のようだ。そして上階のどこかに盲目の所長サム・マジャールがいて、もうじき煙草デュオのテレーズとサロモンに事業をすべて明け渡すことになる。

そこは以前は小さな産院だったが、現在では個人の家になっていて、噂によれば有名な男性歌手がここで生活し、仕事もしている。この歌手は、家を取り囲む壁と同時に、テレーズのピアノも買ったのだろうか。テレーズは少女たちのために何を弾いたのだろうか。彼女がその後も作曲を続け、ロマンチックなメロディーの続きを書いていたのならと、わたしは願う。メロディーは、南国風の植物と静かな通りに向かって、見事に響いただろう。わたしがそこに着いたのは、プラタナスも赤く染まる秋の日で、フィリップ・グラスのピアノ曲をイヤホンで聴きながら歩いた。これほど穏やかで、潤いがあり、リズミカルな音の集まりに対して、この音楽の速さは理解しがたいものだった。漆塗りの、弦を張った多角形の物体の機械性を消し去ることなく、年老いた手がピアノを水の流れに、深さと広がりに変えていく。曲の名前は「マッド・ラッシュ」といい、文字通りにとれば「逃亡」である。「狂《マッド》って」いたのは、テレーズがここにいるあいだに手引きした逃亡であり、サビーヌとジョルジェットという二人の女の子に付き添い、テレーズは協力してくれる大人を見つけ、我慢強く彼女たちの外出の機会を作り、逃亡後に受け入れて、戦争が終わるまで彼女たちを世話してくれる人を確保した。ほかにも三人の少女が、彼女のくたびれた、しかし見守るようなまなざしのもとで、逃亡に成功した。その眼は、口には出して言えないが、一九四三年二月に姉へ宛てた手紙で書いたように、「毎晩戻ってくるよりも逃げること」を信条としていたことを物語っている。

わたしは歌手の家の中へは入れなかった。門の前で、イヤホンから流れてくるグラスの音楽を、まるで家の中から漏れてくる音楽のように聴いた。なんということなく、一人の少女が窓を開け、わたしの方をじっと見はしないかと期待していた。この家の中でまた赤ん坊が生まれ、最初の空気を吸いこんで泣いてはいないか。夜勤明けの助産師が二人、入口のステップに現れて、南国の木の天蓋の下でコーヒーを飲むために座りこんだりしないだろうか。するとそのうち、隣の家の扉が開き、スニーカーを履きリュックを背負った女子高生が出てきて、わたしたちは言葉を交わした。彼女はこの場所の歴史をよく知っていた。ファーストネームがわたしと同じだった。そこでまた話しこんだ。ここに住んでいるのは、わたしでもかなりの曲数を覚えている歌手だと教えてくれた。そこで、グルーピーの感覚になって、彼が本当にテレーズのピアノを買ってくれていたらいいのにと願う。そのピアノは一階のどこかで、黒光りしながら丸まって、追い払うことのできない犬のように伏せているだろう。それとも、中庭で齢を重ね、太くなった木とともに、売り払われたかもしれない。せめてあと何曲かは、その古びた残骸から生まれますように。

グランヴィル通り五番地から歩くと、すぐヴァンセンヌの森（パリ東部の緑地）へ行き当たる。ブナとマロニエの並木のいちばん外側を歩くと、なつかしい季節、なつかしい場所へと連れ戻される。並木道の上では落ち葉が震え、湿った土の匂いがして、わたしの足は並木道へと導かれる。そこはまるで、よく知っている家の中の音の響き方や匂い、部屋の申し分ない暖かさのように、わたしにとっては確かな場所だった。まるでずっとここで生きていたみたいな気分だった。ジョギングする人や自転車を漕ぐ人に追い抜かれる。数メートル先には、湖に面した小さな広場が見えてくる。歩いていた土手のすぐ下の方へ、理由のよくわからない喜びに満たされて、わたしは駆け下りる。真鴨が濡れた土手に生えている竹の茎をついばんでいる。鳥は羽根の中に首を突っ込みながら水面をすべり、翼をばたつかせ、首をすくめて、また飛び立つ。わたしはアスレチックネットと動物をかたどったブランコのある遊具コーナーのそばで立ち止まる。平日ということもあり、木製の砦を守っているのは、赤いフード付きのマントを着た男の子だけだった。なるべく柵の後ろに身を隠しながら、梯子やすべり台から擁壁を登ってくるものがないか見張っている――そっと近づいてくるかもしれない敵の様子をうかがって、フードの端っこがしょっちゅう現れては消えている。わたしは湖に沿って散歩を続ける。足元の地面は砂っぽく、緑色に塗られた木のベンチ、いろんな種類の樹木から漂う苔と樹液の匂いは、芝居の書割と同じくらい多くの要素で成り立っている。わたしにはすべておなじみだ。ここは、わたしの幼年期を裏返した森である。パリのもう一方の端に撒かれた思い出をほとんど変えずに引き写した場所、同じように静かで贅沢な環境のブーローニュの森（パリ西部の緑地）を、わたしは両親とともに、ベビーカーに乗って、歩いて、自転車を漕いで、走り回ったものだ。マタという名前のダルメシアンもいて、独身時代から父を知っていただけでなく、疲れも知らずに二人の小さな娘の面倒を献身的に見る養育係になってくれた。木々に見守られた、優しい思い出。一年間は、コルマン家の娘たちも親しいテレーズ・カアンと一緒に、ここへ来ることができた。テレーズは必要なかぎり彼女たちに付き添い、準備ができしだい、彼女たちを逃がそうと思っていた。一一カ月のあいだ、三姉妹はそろって、落ち着いた環境で、多少は親しみを感じる場所で生きることができた。結果的に、ローズが聞いたはずもない言葉を伝えたのは、いくらかは真実だったのだ。彼女たちは、ここで幸せに暮らせたはずなのだ。明日がどんなものかわかっていて、散歩し、勉強する。少なくとも、しばし忘れ、思いこむことで得られる幸せがある。草の生えた小島の周りに人工の湖が楕円形に広がっていて、船で島へ行くことを夢想する。重たく黒ずんだ水は、アンドレにプレゼントした神話の本の「レーテー」の項目を思い出させる。「苦痛と罰の圏を渡り終えると、レーテーのほとりにたどり着く。ゆっくりと流れるこの川の水には至高の性質がある。それを飲むと、忘れるのだ！　存在することの苦しみや悲しみを忘れる、これこそ真の浄福ではなかろうか」彼女たちも気持ちを落ち着かせてくれるこの水を飲んだかもしれない。だが、読み返してみると、教理問答《カテシスム》とあきらめの雰囲気が漂うこの神話の定義に、嫌気がさしてくる。これは子どもをおとなしくさせるために使う類の喩え話である。

アロイス・ブルンナーは二〇〇一年一二月に死んだ。彼がいた場所なら、たぶん九月一一日とその後の展開も知らずに、新世紀の岸辺へたどり着いたはずだ。同じ年の、それより六カ月前に、ドランシー収容所の元司令官の一人が欠席裁判にかけられ、バルビー裁判のときと同様に、わたしの父が損害賠償請求団の弁護士を務めた。弁論要旨を読み、本人とも話したところによると、ブルンナーが裁判に不在であることは、わざと無視したのでなければ、少なくともフランス外交の失敗と見なされるべきであることを指摘するために、父はこの裁判にわざわざ参加したのだった。「フランス国家がこの男を回収する能力がないなどと、どうして考えられようか」と父は判事に対して述べた。そして、ある記事に引用された発言では、「ボリビアにいたクラウス・バルビーを裁判へ連れて来ることができた。ほかの時代の、ほかの犯罪に関する、ほかの犯人のことを考えてみる。カルロス（パリで爆弾テロを起こしたベネズエラのテロリスト）を連れて来ることはできた。アルフレッド・シルヴァン（汚職と横領の罪を犯し、フィリピンへ逃亡した）を連れて来ることもできた」と言った。記事の少し先では「見たところ、フランスがブルンナーを追跡するのに、それほど熱意がなかったのは、確実なことである」とも言っている。

　ブルンナーはダマスカスにある集合住宅の地下室に一〇年間も幽閉され、消耗と叫び声のせいで死んだ。この事実は、戦闘員と市民、処刑者と犠牲者が同居する難民キャンプや、シリア内戦が散発するほかの地区も訪ねて取材した二人の記者が、二〇一七年に得た証言によって、明らかになった。ブルンナーは内戦については先祖、名高い師匠ともいえる存在だった。彼の遺体をイスラム教の規則にのっとって、白い布に包み、市立墓地に埋葬した人たちは、遺体に残るいくつかのしるしから、それがブルンナーであると確認できた。晩年には、光との接触を断たれたために、全身の肌が脱色していた。病気のせいで、皮膚は白く斑点だらけで、鱗状になっていた。片目と右手の指三本が欠けていたのは、彼がシリア当局と関係をもっていた頃に、モサド（イスラエル諜報特務庁）が送りつけた爆弾入りの二箱の小包のせいだった。何十年にもわたって、彼の仕事は、生活の足しにしたサイドビジネスを別とすれば、バッシャールの父である独裁者ハーフィズ・アル・アサドの秘密警察を指導することだった。精神的圧力のかけ方、上下関係の分け方、拷問の仕方など、自分が考案した抑圧の方法を教えこんだ。シリア内戦に彼の教えが残っているせいで、アロイス・ブルンナーの死は、つい昨日のことのように感じられる。司法の場への出頭を逃れたことで、彼は自分の世界にある手段を使って、あたかも自宅で亡くなったようなものだった。

ドランシーに着任した一九四三年五月から、逃亡する一九四四年八月まで、ブルンナーはやりたい放題だった。フランス警察を厄介払いし、一緒に来たSSと、断れば移送すると脅したユダヤ人収容者だけを使って、収容所を管理した。だから、ユダヤ人をアパルトマンや病院、児童保護施設にまで捕まえに来た「猟犬係」もまた、全員ユダヤ人だったのだ。収容所の外側では、フランス警察が警備に当たっていた。ブルンナーがやりたい放題にできたのは、履歴書のおかげもあった。最初に指揮に当たったウィーンでは、三年間で四万七〇〇〇人を移送した。次に転勤したテサロニキでは、三カ月で四万三〇〇〇人のギリシア国籍のユダヤ人を死に追いやった。一九四三年五月九日、恐るべき方法と数字の実績を伴って、手下どもを連れてミュエット団地の鍵を受け取ったブルンナーの瞳には、死体が映っても、虹彩にも良心にも届くことなく、消え去っていった。

一九四四年六月にノルマンディー上陸作戦が開始されると、ブルンナーはさらに熱心にユダヤ人狩りを続け、数千人を詰めこんだ列車を次々と出発させた。パリ解放が近づくなか、彼はついにUGIFのセンターに残っていた子どもたちに手をつけた。パリとその郊外のセンターをすべて回るためには、二晩かかった。

七月二一日の一斉検挙に関する記述や証言のなかには、二台のバスのうち一台にアロイス・ブルンナーが乗っていたとするものがある。子どもたちを連行するのに、自ら陣頭指揮をとったというのだが、この情報は完全に確かなものではない。一斉検挙の調書は存在せず、証言がすべてかみ合っているわけでもない。彼が子どもたちを捕まえるためにその場にいたとすれば、それは否定できないもうひとつの現実を具体化するだろう。すなわち、ナチスの敗北が決定的になっていながら、なおも犠牲者を生み出そうとする彼の執念が存在したという現実である。

そういうわけで、グランヴィル通り五番地の前に、「猟犬係」の一団がやって来る。彼ら自身も明日には列車へ詰めこまれるかもしれないユダヤ人収容者たちだ。ブルンナーはこれに付き添っていたのだろうか。もし検挙に立ち会い、バスが停車するたびに一緒に下車していたとしたら、子どもたちは、骨のように白く、肌が鱗屑で覆われた男を見たと思うだろう。片目をくり抜かれ、指が三本欠けた人形のような男を見かけたはずだ。ドランシー発のバスは、すべての寮を巡回した。リュシアン・ド・イルシュ学校、アンドレがいたヴォークラン寮、ジャンヌとローズが滞在したモントルイユとルーヴシエンヌの児童保護施設、そしてわたしの小さないとこたちがいたサン・マンデ寮。次の日には、情報がすでに駆けめぐっていたらしく、バスの乗員たちはラ・ヴァレンヌ・サン・ティレールの孤児院の寄宿生たちは全員検挙できたが、モンテビデオ通りにある孤児院では、子どもたちが屋根から脱出したあとで取り逃がした。ヌイイーの託児所の子どもたちは、監視員たちのおかげで散り散りになっていた。だが、ブルンナーはカーン大佐の助けを借りて職員に圧力をかけ、一人ずつ逃亡先を突き止め、発見した子どもたちを順々にドランシーへと送った。

わたしの三人の小さないとこたちは、サン・マンデで、グランヴィル通りのほかの女の子たちやテレーズ・カアンとともに検挙された。七月三〇日、テレーズは生徒のジャック・ルゲルネ宛に、ミュエット団地から最後の手紙を出した。かつてないほど児童が多く乗ることになる次の列車について、収容所のユダヤ人当局者が車内環境を改善するように要望を出したことを、彼女は知っていた。そこで皮肉っぽく、こう書いている。「明日は、お行儀の良い子どもたちにキャンディと藁布団を配り、一両ごとにお医者さんを乗せて、さあ移送列車の出発です」

外国人労働者連合は、一カ月後の九月五日に解散した。ほどなく、マックス・カミンスキは娘たちとともにペリゴール地方を離れ、モンタルジへ向かうことを決心した。

二週間におよぶ旅は、ジャンヌ・モントフィオールの物語に似ている。一九四三年七月二〇日にアウシュヴィッツで殺害されたジャンヌの遺体と灰が書き続けた物語に。父と三人の娘は徒歩で、馬車で、ガスエンジンの自動車で移動した。リモージュを抜け、ドイツ人が男たちを全員射殺したために黒服の女しか住んでいないアルジャントン・シュル・クルーズ村を通過する。シャトールーは避けていく、というのも、市内ではまだドイツ人とレジスタンスの戦闘が続いていると言われたからだ。イスダンを通り、オルレアンを通る。スーツケースなどなく、身の回りの物は布に包み、棒にぶら下げて、二人がかりで運んだ。長い距離を歩き、納屋で眠った。娘たちは寮で手に入れたブルターニュ風の帽子をまだかぶっている。黒い偽物の麦わら帽子で、広いつばと大きなリボンは、まるで喪帽のようだった。衣装を取り替えることもできないまま成長したので、服は腕も足も短くなりすぎていた。セーターの編み目に藁くずをくっつけ、頬と足には干し草積みの荷車で拾った石炭の汚れがつき、列車を待つあいだにその汚れは肌に刻まれていった。モンタルジ駅に降り立ったときには、七歳と一〇歳と一四歳の女の子たちの膝には引っかき傷が目立ち、身体からは石油と石炭の匂いが漂っていた。髪には二週間前から一度も櫛《くし》を通していなかった。父親のマックスは悲しい目をし、暗い顔をして、旅の鞄の肩紐を胸に食い込ませながら、片手に一人ずつ娘の手を握り、残る一人を先に歩かせた。

モンタルジに着くと、マックスと三人の娘は町はずれの運河に沿って歩き、橋をひとつ、そして二つと越えていった。中心街へまっすぐ入っていくと、ためらうことなくドレ通りへ向かい、布地を巻きつけたローラーとマネキンでいっぱいのショーウィンドウがある商店の前で立ち止まる――八一番地。ベルを鳴らし、中に入り、入ってから一時間ほど、そこにとどまる。わたしたちは戦争のせいで布地が欠乏し、頭のないマネキンが裸にされたショーウィンドウの前の歩道で待つ。そこは二年よりちょっと前、正確には二年二カ月前にドイツ兵がやって来て、別の三人の女の子を連れ去った場所だ。

ムルグさんの家から出てきたとき、マックスは片手でジャンヌの手を、もう片方の手でローズの手をつないでいた。前を歩く長女のアンドレは、二歳半になる小さな女の子を抱いている。二年前に、離乳する間もなく置き去りにした女の子は、今では話し、歩くこともでき、両足をアンドレの腰に巻きつけ、首に手を回して抱きしめている。

わたしの祖父母と当時七歳だった伯母は、ずいぶん後になってスイスから戻って来る。国境の再開を待ちきれず、非合法に渡ってきた。伯母はこの極秘の旅について確信があると言う。というのも、彼女がわたしの祖父母と山の頂上を越えたとき、大人の記憶と違って、雪に足を取られることがなかったことを覚えているからだ。もしアルプスにまだ雪が残っていたとしたら、それは一九四五年の四月か五月のはずで、それより後ではない。可能なかぎり早く行動したのだ。

伯母たちはまっすぐパリへ行き、いとこたちが移送されたことを知った。

それからわたしの祖父は、伯母と祖母をミュルーズまで連れて行った。そして一人でモンタルジへ行くことにした。

鉄道が到着すると、エリはまず駅からいちばん近い、兄が住んでいたアドルフ・コシュリー通り五一番地を訪ねる。黄色い漆喰塗りの建物で、そばには鳥がいっぱいいる乾いた石塀がある。エリは兄もその妻も子どもたちもそこには住んでいないことを知っていたが、それでも彼らがどんな場所に住んでいたかを知りたかった。数分間そこにとどまり、周りを見て回り、顔を上げて、寝室があるはずの上階に目をやった。前庭にたたずみ、新緑のぶどう畑とまだ青いポプラが立てるざわめきの声に耳を傾ける。そこにスズメやアマツバメの声が混じり合い、ムシクイにちがいない、もっとねばりのある、高い声が入ってくる。

エリはそこを去り、石橋を二つ渡り、一年前のマックスとまったく同じように、ドレ通り八一番地の、布地を巻きつけたローラーと首のないマネキンでいっぱいのショーウィンドウの前へたどり着く。中に入り、迎え入れられ、二階のリビングに長い時間とどまる。アンヌ・ロール・ムルグはたぶん、娘を連れてパリへ行った際に、ラマルク・センターにいた彼の三人の姪と会えた最後の訪問のことを語ったはずだ。しかし、彼女の娘が一、二年前にわたしの妹に電話で語ったことについては黙っていたのではないかと思う。それは、最年長のミレイユが「踏みにじられた老女」に似てきていたということ、母親のムルグさんとともに「あの子をあそこから出してあげなきゃ」と思ったものの、どうすればいいかわからなかったということだ。わたしの祖父は一人きりでドレ通り八一番地から再び出た。

探すべき三つ目の住所が残っている。それはナタンを住まわせ、彼の兄の家族とも親交があったラボリウ家である。エリはこの小さな町をよく知っているわけではなかった。マックスほど簡単に方向を見定めることもできなかった。どうやってその家、あるいは集合住宅を探し出したのか、わたしにはわからないし、わたし自身も、それがどこにあったのかを知らない。

しかし、ミレイユが送った手紙を祖父が取り戻すことができ、それがわたしたちが彼女に関して所持している最後の物だということは、祖父はあらかじめ住所を知っていたか、町なかの誰かが教えてくれたのだと考えられる。わたしの小さないとこたちの最後の文通相手として手紙を受け取ったラボリウさんは、祖父にコーヒーを飲んでいくように言い、彼の話を聞いた。エリはリソラの弟なのだから、他人ではなかった。いなくなった下宿人ナタンの旧友であり、三姉妹の叔父でもある。祖父は彼女たち、つまりラボリウさんとその娘たちがそれぞれ受け取った合計六通の手紙を持って、モンタルジをあとにした。

そこはパリ一一区のまんなかにある、緑豊かな庭園である。もみの木や菩提樹が並び、住宅の白い垂直の壁の下には、噴水がある。木のベンチがあり、そこにわたしはアンドレとともに座り、近くにベビーカーを置いて、ラファエルが眠るのを見ていた。ユリースは座っていられず、庭園に着くとすぐに遊歩道へ駆け出し、植え込みの向こうから現れては消え、わたしたちの声は届くけれど、視界には入らない空間がどこまでなのか、その可能性をすべて耕そうとしているみたいだった。わたしたちの周りには落ち葉や枯れ枝、石ころが積み上がり、ユリースがいつの間にかそばまで来ていたことを証明していた。

前日、わたしはユリースに、子どもの頃に妹たちと閉じこめられたけど逃げ出した、アンドレという女性に会いに行くと話した。すると、ユリースはいろいろ質問してきた。どんな怪物から逃げたのかを知りたがったのだが、わたしは子どもが何を言いたいのか、よくわからなかった。「だから、そいつは大きな目をしていたの？」うろたえるわたしに「歯は大きかった？　おちんちんは？」と訊いた。怪物の属性は、恐ろしいと同時に滑稽なものに見えた。恐ろしさという点では逃げ出すべきだが、その滑稽さのせいで逃げ切れそうにも思える。

家に着くと、アンドレは彼女を待ちかまえる新しい病気の名前を次々に挙げた。がんの進行はゆっくりだったが、新たにあちこちに転移している、と言いながら、彼女は自分の腹部や胸を示した。わたしが会ったときから、彼女はがん《キャンサー》だった。いまやおなじみの蟹《キャンサー》はどこへでも移動する、あるときは放射線で、あるときは化学療法で追い払ったとしても、横歩きしながら、いつもどこかへ戻ってくる。彼女は手の痛みも訴えていて、神経に障るので字を書くこともできなくなっていた。病名を列挙してほほえんだアンドレは、「運がないわね」と付け加えた。彼女の年齢でも、病気は不運に属する事柄で、決して病気にはかからないこともあると考えていることに、わたしは感銘を受けた。これほど勇気づけられる発想はない。

ラファエルが目覚めると、アンドレは赤ん坊を膝に抱いた。そこでわたしは、アンドレの杖を持ったユリースをそばに立たせて、三人の写真を撮った。

そのあと、わたしは子どもたちを連れて地下鉄の駅へ降りていき、自分たちの家に帰る。ヴァンサンには、今日見たことを話すだろう。車のエンジン音と無生物同士の想像上の会話に耳を傾け、ユリースが書棚から取り出した本が一冊また一冊と床に落ち、ラファエルが手のひらと膝を使って部屋を這い回る四分の四拍子の単調なリズムが部屋に広がって、一日が散り終わっていく。

子どもたちがようやく眠りに落ちると、わたしは片づけを始め、いつもの夜のように、断片的にしかわからない一つの世界の道の上に、自分がいることを知る。動物、海賊、お城など、子どもがまじめに生命を与えているすべての物。そのまじめさに対抗できるのは、まさに突如として始めたことをやめてしまえる能力、まじめさの欠落とでもいうものだけである。そして、いつもの夜のように、まじめさを欠いたまじめさ、集中していながら、同時に不在でいられる存在のあり方に対して、わたしは深い感謝の念を抱く。それは生き残るチャンスを表しており、あなたなど生まれなければよかったという人間に対して、自分を守ってくれる衣服を一人で着られるということだ。その服は、軽蔑から、ひざまずくことを強要する言葉から、地味で、見過ごしてしまいそうな存在になれと迫る言葉から、あなたを守ってくれる。その服は二重になっていて、いつでも裏返すことができ、あなたを透明にしてくれる。わたしは、やはり巨大だが目には見えない、死んだ子どもが遺すものについて考えた。人間の歴史を振り返れば、分娩のリスクや、捨て子や、治してやれなかった病気のせいで死んだ子どもの方が、死んだ大人よりもずっと多かったのではないかと思う。この大地が、死んだ大人よりもずっと多くの死んだ子どもたちを迎え入れてきたことを考えると、途方にくれた。リビングでおもちゃに囲まれたわたしは、奇妙な島に立っているみたいだった。熊のぬいぐるみや積み木、ロケットや虫、本やボールや船、数時間後にはまた散らかされるこれらすべてのものを片づけ終えた。明かりを消し、集合住宅の正面からぱっと消えるわが家の窓と、それと同時に、やはり数時間だけ消えるこの奇妙な島のことを想像する。存在しているわけでも、死んでいるわけでもない場所で。

訳者あとがき

本書はCloé Korman, *Les Presque Sœurs*（Le Seuil, 2022）の全訳である。

著者のクロエ・コルマンは一九八三年パリ生まれ。リヨンの高等師範学校を修了後、ニューヨーク留学を経て、二〇一〇年にアメリカのメキシコ移民を扱った『有色の人々（*Les Hommes-couleurs*）』（リーヴル・アンテル賞、ヴァレリー・ラルボー賞受賞）で作家デビュー。『ルーヴプレーヌの季節（*Les Saisons de Louveplaine*）』（二〇一三）では、フランスにおける北アフリカ出身の移民とパリ郊外での暴力をテーマにし、ルノードー賞とフェミナ賞にノミネートされた。

『姉妹のように』は、コルマンの四作目の長篇小説である。

本作は、ナチス占領期（一九四〇年六月‐一九四四年八月）にフランス国内で起きた、ユダヤ人児童の検挙と収容所生活を主題としている。より具体的に言えば、作者の父親のいとこにあたるコルマン姉妹と、彼女たちと途中まで命運を共にしたカミンスキ姉妹についての物語である。小説は「モンタルジ」「ボーヌ・ラ・ロランド」「パリ、郊外」という、それぞれ彼女たちが過ごした収容所の所在地を章題に掲げた三章から構成されている。

本書の語り手は「わたし」だが、語られる内容から、ほぼ作者のクロエ・コルマン本人と考えてよい（ただし、クロエと呼ばれる場面はない）。一九頁にも注記したように、ミレイユ、ジャクリーヌ、アンリエットの三姉妹は父親のいとこであり、作者から見ると、正確には「いとこおば」と呼ばなければならない関係にあるが、原文では一貫して petites-cousines と呼んでいる。このフランス語は「はとこ」（いとこの子ども）を指すが、同時に cousin (e) は広く親戚一般を指すこともある。翻訳では、少し回りくどいかもしれないと思いつつ、「わたしの小さないとこたち」として、語り手が彼女たちに感じている親しみが伝わるようにした。

訳題についても一言述べておく。本書の原題 *Les Presque Sœurs* は、直訳すると「ほとんど姉妹」という意味である。しかし、日本語の語感として、「ほとんど姉妹」と体言止めしてしまうと、いくらかコミカルな印象を与えてしまうおそれがある。本書をお読みになればわかるように、この「ほとんど姉妹」という名称には、収容所でともに生きることを状況によって強制されたことによる、悲しみをまとった連帯感が込められている。そこで訳題は『姉妹のように』とした。

語りは、二つの時代を往復する。一つは、二〇一九年一〇月から二〇二一年春にかけての現代であり、「わたし」によるコルマン姉妹とカミンスキ姉妹に関する調査の様子が語られる。もう一つは、一九四二年から一九四五年にかけての過去であり、両家の姉妹の動向が語られる。過去のセクションは緩やかな時系列に沿って語られるが、時代を遡る箇所もあり、読者はパズルを埋めるようにして物語を理解していくことになる。とはいえ、読者は早い段階で、コルマン家の三姉妹がアウシュヴィッツで死んだことを知らされる。したがって、死を頂点とするメロドラマは排除されている。

文体はシンプルで、感傷に陥ることを自らに禁じている。だが、冷徹というわけではなく、歴史の皮肉に無関心でもない。リソラがピティヴィエ駅の時計の修理を依頼された際に、数カ月後にその同じ駅から彼が移送されたことや、生き延びたアンドレが戦後に教師を目指したときに、収容所があったドランシーの学校へ配属されたことに言及するのは、その一例である。また、想像上の監視カメラを一九四〇年代に持ちこんだ叙述は、ユーモアを感じさせる。しかし、想像にまかせて少女たちの会話を長々と再現するようなことはなく、あくまで資料や証言から推測できる範囲で、彼女たちの様子を描き出していく。

本書で語られていることは、ほぼ事実である。ただし、「カミンスキ」は、モデルとなった本人たちの希望もあって、本名ではない。当然のことながら、生き延びたカミンスキに関する情報は多く、死んでしまったコルマン姉妹の足跡は、わずかに残ったミレイユの六通の手紙を手がかりに推測するしかない。本書はその点で、二組の「ほとんど姉妹」を均等に描き出してはいない。その不均衡と、親族である著者にとってはより切実に知りたいはずであるコルマン姉妹についての情報不足が、そのまま歴史の忘却の残酷さを浮かび上がらせている。想像によって空白を埋め、創造によって死者を代弁することで忘却に抵抗することと、徹底的に調査してもなお埋められない欠落の重さを直視すること。文学はこの両方面での試みであり、『姉妹のように』は、その意味で、忘却の回復と歴史の沈黙をめぐる小説である。

二〇二三年九月に、私は本書にも登場するオルレアンのロワレ県強制収容所学習研究センター（ＣＥＲＣＩＬ）を訪れる機会があり、犠牲者の氏名と写真を壁じゅうに掲げた部屋で、コルマン三姉妹の写真を確認した。子どもたちの顔を知り、この子たちがユダヤ人だというだけの理由で虐殺されたのだと思うと、あらためて強い怒りと悲しみを感じずにはいられなかった。その部屋には、写真も名前もなく「男の子」とだけ記された空欄があった。担当者に訊くと、「たとえ顔も名前も年齢もわからなくても、ある男の子が存在して、殺されたことを記憶していかなければならないのです」という答えが返ってきた。権力に対する闘いは、忘却に対する記憶の闘いである、とはミラン・クンデラの言葉だが、まさに記憶をつないでいくことは一つの絶え間ない、意識的な抵抗なのだということを痛感させられた。

反ユダヤ主義は過去の出来事だけではない。コルマンは、エッセイ『あなたユダヤ人みたいよ(*Tu ressembles à une juive*)』(二〇二〇)において、現代フランスにおける反ユダヤ主義について考察している。印象的な表題は、著者が祖母に髪型を指摘された際の言葉だが、この祖母もユダヤ系である。これはマイノリティがマジョリティの差別的視点を内面化し、先取りして目立たないように予防する習慣をほとんど無意識のうちに身につけていることを、端的に表している。コルマンにとって反ユダヤ主義は、さまざまな人種差別の一種であり、彼女はそれを特権化することもなければ、反動的に過小評価することもない。また、ユダヤ人と見れば、イスラエルに賛成か反対かという踏み絵を迫る風潮にも疑義を申し立てている。「イスラエルを母体とするユダヤ人を想像で作り上げる単純化は、ユダヤ人の複数性を放棄することであり、わたしにとっては反ユダヤ主義的行為である」と断言し、ユダヤ人のアイデンティティは決してイスラエルという国家に集約されるものではなく、むしろディアスポラの歴史を通じて、好むと好まざるとにかかわらず培ってきた文化の複数性を尊重するという立場を明確にしている。

コルマンは、パリ郊外の中学校でフランス語を教えているが、大都市の周辺地区に多く住む、フランス社会の周縁に置かれた移民二世・三世の子どもたちに、いかにして自分の言葉を与えるかという職業上の実践は、それ自体が人種差別に反対し、共生的な市民社会を形成しようという意志の反映である。

本書は第二回「日本の学生が選ぶゴンクール賞」を受賞した。このユニークな賞については、第一回受賞作であるクララ・デュポン＝モノの『うけいれるには』（松本百合子訳、早川書房、二〇二三）の解説で野崎歓氏が説明しているとおりであるが、簡単に言えば、日本の学生が、フランスのゴンクール賞候補作のうち四冊を選び、原文で読んで投票するというものである。タイミングとしては、本家のゴンクール賞の受賞作が決定される前に四冊を選び、受賞作が決定された後に、日本独自の選考結果を発表するという流れになっている。

第二回選考委員会が選んだのが、本国フランスではゴンクール賞を逃した、この『姉妹のように』である。フランス政府主導のユダヤ人迫害の実態を著者の家族の物語から書き起こした小説が、現代日本の学生の心をつかんだというのは、意外に感じられるかもしれない。日本人の多くにとって、ナチスによるユダヤ人虐殺は、一方でよく知られた事実であり、他方で身近なところで体験談を聞くことのない遠い出来事だからだ。だが、第一回の選考委員会でも、『うけいれるには』と最後まで一位を争ったのは、ナチス占領期における父親の対独協力の実態を突き止めようとしたソルジュ・シャランドンの『ろくでなしの子ども（*Enfant de salaud*）』だった。つまり、日本の学生たちは、家族が関わった戦争をどう受け止めるかという「ポストメモリー」のテーマに、じつは深い関心を抱いているのだ。ポストメモリーとは、マリアンヌ・ハーシュが提案した概念で、当事者の記憶と、その記録を通じて構築された歴史の中間にあたる、当事者の家族などが継承した個人の記憶を指す。戦争体験の当事者が亡くなっていく時代だからこそ、その記憶をどのように生きたものとして継承するかという課題は、日本の若い世代にとっても切実な意味があるのだろう。

ところで、ほとんどが大学入学後にフランス語を学ぶ日本の学生たちが、四冊もの新刊小説を半年足らずのうちにフランス語の原書で読み通すのは、実際には、かなりの困難を伴う。そこで全国のフランス文学研究者が運営委員として参加し、各作品のレジュメや章ごとのシノプシス(梗概)を作成し、読解の手助けをしている。また、各地で読書会(オンラインも含む)を組織し、運営委員が司会進行役を務めながら、四作品を読み進めている。私は運営委員の一人として『姉妹のように』のレジュメとシノプシスの作成に携わった縁で、今回、本作を翻訳することになった。シノプシス作成には、篠原学氏(大阪大学)と深井陽介氏(東北大学)にもご協力いただいた。本書訳出の際には、両氏作成のシノプシスを大いに参考にさせていただいた。著者のクロエ・コルマン氏には、訳者の質問に丁寧に答えていただいた。なお、著者の示唆を受けて原文から変更した字句が数カ所あることをお断りしておく。また、早川書房編集部の茅野らら氏にも大変お世話になった。ここに記して、皆さんへのお礼を申し上げたい。

岩津 航

二〇二四年一月　金沢にて

本作品は、在日フランス大使館およびアンスティチュ・フランセの助成金を受給しております。
Cet ouvrage a bénéficié du soutien de l'Ambassade de France au Japon et celui de l'Institut français.

AMBASSADE
DE FRANCE
AU JAPON
Liberté
Égalité
Fraternité

INSTITUT
FRANÇAIS
アンスティチュ・フランセ

訳者略歴　金沢大学教授　訳書『収容所のプルースト』ジョゼフ・チャプスキ，『夜明けの約束』ロマン・ガリ，『キムチ』ウーク・チャング他

姉妹《しまい》のように

2024年3月20日　初版印刷
2024年3月25日　初版発行

著者　クロエ・コルマン

訳者　岩津《いわつ》　航《こう》

発行者　早川　浩

発行所　株式会社早川書房
東京都千代田区神田多町2－2
電話　03－3252－3111
振替　00160－3－47799
https://www.hayakawa-online.co.jp

印刷所　株式会社精興社
製本所　株式会社フォーネット社

Printed and bound in Japan

ISBN978-4-15-210316-1　C0097

乱丁・落丁本は小社制作部宛お送り下さい。
送料小社負担にてお取りかえいたします。

本書のコピー、スキャン、デジタル化等の無断複製は
著作権法上の例外を除き禁じられています。